CB033923

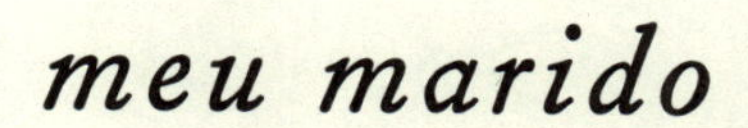
meu marido

Livia Garcia-Roza

meu marido

EDITORA RECORD
RIO DE JANEIRO • SÃO PAULO
2006

CIP-Brasil. Catalogação-na-fonte
Sindicato Nacional dos Editores de Livros, RJ.

Garcia-Roza, Livia
G211m Meu marido / Livia Garcia-Roza. – Rio de Janeiro: Record, 2006.

ISBN 85-01-07688-0

1. Romance brasileiro. I. Título.

CDD – 869.93
CDU – 821.134.3(81)-3

06-3479

Capa: Victor Burton

EDITORA RECORD LTDA.
Rua Argentina 171 – Rio de Janeiro, RJ – 20921-380 – Tel.: 2585-2000

Impresso no Brasil

ISBN 85-01-07688-0

PEDIDOS PELO REEMBOLSO POSTAL
Caixa Postal 23.052
Rio de Janeiro, RJ – 20922-970

1

— O Cristo é oco. Só tem um coração de concreto, sabia? Esta cidade ainda vai sofrer um derrame... Está me ouvindo, Bela? Não quer conversar, hein?... Temos um cavalo atravessando a pista!? Você acha que eu estou bêbado, não é?

Voltávamos de madrugada para casa depois de assistirmos a um show numa boate; o carro andava em ziguezague por causa dos uísques que Eduardo havia tomado, e ele piscava, é o que faz quando se encontra nesse estado, acha que os cílios se colaram, e então tenta descolá-los; e eu, imóvel, olhos grudados no trânsito.

— Olha ali, Bela, quanto travesti... tudo infectado... viu? Não vai dizer nada?

— O que você quer que eu diga?

— Que concorda.

Temos uma vida confusa, apesar de sermos somente meu marido, eu e Raphael, nosso filho. Tem também a Dulce, babá do Raphael, e o cachorro, que Eduardo diz que é visionário, porque volta e meia caminha pela sala latindo, transtornado.

Meu marido gosta de sair à noite. Na verdade, acostumou-se ao escuro. Por onde passa apaga a luz, como medida de economia. Diz que é uma questão de treino, fazer as coisas no escuro. Já tomou banho com a luz apagada, e ainda quis que eu fizesse o mesmo. Outro dia deixou a babá esquentando a mamadeira do Raphael no breu. Ainda bem que moramos há algum tempo no mesmo apartamento, sou capaz de andar dentro dele de olhos fechados sem esbarrar em nada. Acho que a babá também.

Eduardo queria ter sido pianista de boate, mas se formou em direito e é delegado. Trabalha o dia todo em uma delegacia movimentada. Chega tarde em casa, dorme boa parte da manhã, acorda assustado, toma café se vestindo apressado e sai correndo para a delegacia dizendo que estão esperando por ele. Eu acordo cedo, porque quase todas as manhãs Raphael tem aula de natação. Depois emendo no trabalho. Sou professora de inglês, aprendi porque fui para os Estados Unidos. Meus pais conheceram uma moça que trabalhava com intercâmbio. Se não fosse ela, não daria para eu viajar, porque morávamos no interior e meus pais não têm dinheiro. Mas a moça (nem lembro mais o nome dela) conseguiu e eu passei oito meses no Alabama. De interior para interior.

— Que merda é essa agora, Bela?

— Você subiu no meio-fio.

— Porra!

Várias vezes tivemos que parar no hospital antes de chegarmos em casa. Passamos noites na emergência. Acho até que o pessoal da recepção nos conhece. Já levei pontos na pálpebra, desloquei o braço e fissurei uma costela. Lembro que o médico disse que eu saísse da cama rolando feito um lápis. Passei meses sentindo dor quando tossia, espirrava e outras coisas que não me lembro mais. Mas a costela não foi acidente de carro. Estávamos em casa, e Eduardo me chamou aos gritos porque achou que estava morrendo. Acontece com freqüência ele achar que vai morrer, principalmente à noite. Aí ele me chama, pega minha mão, põe sobre o peito dele e fica me olhando durante algum tempo, depois diz: viu? E dorme. Mas, nesse dia, ele ia morrer na parte da manhã, saí correndo, assustada, entrei no quarto escorregando e caí com as pernas esparramadas, uma debaixo da cama e a outra perto da porta de entrada. Perfeito! Eduardo exclamou. As bailarinas capricham durante anos para escorregar com tamanha desenvoltura e naturalidade, e você é essa sílfide... Eduardo conhece vários passos de dança porque sua mãe era bailarina, mas já morreu. Contou que um dia ela foi dar um *grand jeté* — parece que é um salto maior — e caiu estendida no palco. Mas morreu como desejava, atuando, ele disse. Aos 74 anos. Perguntei se ela estava vestida de bailarina. Eduardo disse que não respondia a perguntas idiotas. Mas, voltando aos acidentes de trânsito, ele também já se machucou; levou pontos na cabeça e teve uma entorse no tornozelo, que nunca fica bom porque ele não pára quieto. Vive com o pé no gelo quando bebe uísque em casa, mas não adianta, porque quase sempre, quando se levanta, dá uma topada ou chuta alguma coisa, quando não cai. Mas estamos vivos e juntos. Na escuridão.

Nessa noite, quando o show terminou e o conjunto se levantou para os aplausos, reparei que o baterista era anão. Durante o show não dava para perceber. No final, uma moça alta, loura, cabelos na altura da cintura, se encaminhou em direção a ele, e os dois, sorrindo, saíram andando devagar da boate. Uma tristeza, um casal não poder se abraçar. Eu estava no meu único chope, para voltar tomando conta do trânsito, avisar Eduardo sobre os imprevistos que surgissem. Pensava nessas coisas quando ele, com a mão apoiando o queixo, e o cotovelo escorregando sobre a mesa, chamou minha atenção para o casal, dizendo que era importante ver as coisas tristes da vida. Prestar bastante atenção. Chamei-o para irmos embora. É difícil Eduardo concordar, mas dessa vez ele se levantou, com dificuldade, e, esbarrando no que encontrava pela frente, caminhou até alcançarmos a porta.

— Sou um alcoólatra! — gritou, assim que pisou na calçada.

Toda vez que Eduardo bebe, esquece onde deixou o carro, depois dá esse grito. As pessoas nos olhavam, diminuindo o passo, para depois seguirem adiante, cochichando. Eduardo continuou gritando que era alcoólatra até encontrarmos o carro. Acho que ele tem momentos esquisitos, mas eu já me acostumei. Além do mais, ele é pai do Raphael. E meu marido. E eu, até aquela hora com o casal na retina, o anão e a loura que não podiam se abraçar, a não ser na cama, pensando que em pouco tempo estariam nos braços um do outro. E quando as pessoas se abraçam, ficam do mesmo tamanho. E nós, que não temos esse problema de altura, temos tantos outros.

— Que cara séria é essa, Bela? Quer fazer uma pergunta? Quer. Manda.

— Peru de anão é normal?

— Do tamanho do de sua mãe, com todo o respeito.

Sempre que pode, Eduardo fala mal da minha família, principalmente da minha mãe. Estávamos em frente à porta de casa. Ele já a tinha chutado. Depois fica com dor nos dedos do pé. Já aconteceu de quebrar o mindinho. Quando desiste dos chutes, tenta introduzir a chave na fechadura. É sempre o momento mais difícil e demorado da noite. Quando se encontra nesse estado, não me deixa abrir portas nem dirigir. Eu achava que Raphael ia acordar, a babá com certeza já tinha aberto os olhos, e o cachorro ia latir. Em vez de olhar para a fechadura, Eduardo olhava para mim; de repente, interrompeu o movimento:

— Vamos entrar? — eu disse.

— O que você acha que estou fazendo?

— Tentando abrir a porta — respondi.

Eduardo me aplaudiu, e quase caiu. Depois mandou que eu prestasse atenção:

— Repare na expressão de um homem ficando nervoso: a palidez se instalando no rosto, o lábio subindo, deixando à mostra os dentes da frente... — disse, envesgando.

Desviei meu olhar do dele. Quando Eduardo bebe, ele não gosta de mim. Nas três primeiras doses, gosta muito, depois desgosta de novo. E nós naquele corredor apertado e escuro — ele não deixava que colocassem lâmpada no hall de entrada — que só dá para dois corpos amigos. A porta se abriu, e ele, perdendo o equilíbrio, caiu.

— Quem deixou isto aqui?

Ajudei-o a se levantar e fui ver meu anjinho Raphael. Dulce abriu os olhos e eu perguntei se estava tudo bem, ela balançou a cabeça. Raphael deve ter sentido a minha presença, porque, abrindo os olhos, bateu as perninhas. Peguei-o no colo e fiquei cheirando seu pescoço morninho; de repente, senti um cheiro de bebida. Eduardo estava atrás de nós, chamando Raphael de porrinha e beijando a cabeça dele, querendo tirá-lo de mim, mas, como eu resisti, ele desistiu e pediu que eu fosse até a sala. Tentei passar Raphael para as mãos da babá, mas ele choramingou, então fui com ele no colo.

— Ontem não deu, Bela, mas hoje é festa! — disse Eduardo, desabando no sofá, pernas abertas, afrouxando o nó da gravata. — E aí, conta como era a sua cidade natal... bonito isso, cidade natal!

— Já contei, é tarde, vamos deitar. Deixa eu levar Raphael para o quarto. — Eduardo pulou do sofá e veio andando atrás de mim, trôpego, tentando arriar minha calcinha enquanto eu andava — Pára, não faz isso, olha o Raphael! Não faz isso na mamãe, meu filho!

— O que esse sacana fez?

— Me mordeu.

Eduardo riu, jogando a cabeça para trás.

— Bela, antes de levar Raphael, responde pra mim: Como era mesmo seu torrão natal?... Não tinha edifício nem escada rolante, e só havia duas putas: a Eunice e a Irene.... Do caralho essa história! Quando sair daí, fecha a porta, senão seus ouvidos vão ficar lá dentro. Deixa a babá fazer o Raphael dormir, para isso se paga uma nota... Vou preparar o ambiente... Já pus música, a que você gosta. — Escutei barulho na sala, deviam ser os CDs caindo no chão. — Vem! Estou sozinho! Até que enfim, Bela... Agora vem cá...

— Uísque de novo?

— Calma, deixa eu explicar: vamos brincar de uma coisa que eu não sei se você conhece: "Fazei tudo o que seu mestre mandar." Já ouviu falar? Genial! O mestre, o papai aqui, vai mandar uma tarefa que você terá que realizar...

— Ah, Eduardo...

— Seu mestre já deu a partida, Bela, está abrindo a braguilha, e enquanto ele executa o movimento, manda que você arrie a calcinha e suspenda a saia. Muito bem. Penteado novo? Foi ao pentelheireiro? — Foi um custo ele pronunciar essa palavra. — Vai, continua. Seu mestre agora manda que você tire a saia. Justa, hein? Isso. Entendeu, não é? Falou em brincadeira, você está no lance, hein, fino da roça?... Continuando. Depois de muito pensar, seu mestre manda que você vá até o armário de bebidas e escolha a garrafa de rótulo preto, com cuidado, é *chose fine*; pegue a garrafa e traga para ele, assim, devagar. Ponta do pé, Bela. Beleza! Beleza! Agora seu mestre manda que você se ajoelhe, e deixe pingar o líquido no Comendador, aos poucos, olha o desperdício, seu mestre não gosta disso, atenção... tá caindo no chão... vai pegar um prato... fundo, Bela! Depressa!, senão seu mestre está arriscado a perder a ternura. *Hay que endurecer pero sin perder la ternura!* Máximo das máximas! Agora ele quer que você entorne um pouco mais, o Comendador está sedento, assim... devagar, sorvendo, primeiríssima linha, minha cara... Seu mestre sabe que você não gosta de uísque, mas são só umas gotinhas, anda... depois passa o prato para o mestre, beleza! Meia dose pro Comendador e meia pro dono dele, pau a pau! — Eduardo não notou que tinha despejado a bebida no sofá. — Agora seu mestre manda que você esqueça o prato, largue-o no chão e venha para o colo dele... Isso, de costas... abertura total, geral e irrestrita!...

— Ai...

— Assim... Seu mestre manda bem, não é mesmo? Vamos, trotando, minha Bela! Mas que Bela cavaleira é a minha Bela! Que grande cavaleira é a minha Bela! Bela Bela Bela!! Maria, minha mãe, acuuuuuda....

A primeira vez que Eduardo e eu fizemos amor foi na nossa lua-de-mel. Estávamos num hotel em Copacabana, de frente para o mar; eu estava feliz, apesar do medo do que ia acontecer.

— Sou virgem, Eduardo.

— Hein!?...

— Sou virgem.

— Por que não me disse antes?

— Quando?

— Logo.

— Nós casamos logo.

— Como foi isso?

E ele pulou em cima de mim, dizendo que não tinha sobrado virgem para ninguém mais.

Depois da confusão de mais uma noite, deitei ao lado de Eduardo, e, com medo que ele tivesse um sono agitado, tirei seus sapatos, e também retirei, de cima de sua mesa-de-cabeceira, tudo que pudesse quebrar.

Na manhã seguinte, ele estava sentado na beira da cama, segurando a cabeça e olhando para o chão. Eu disse que ia levar Raphael para a aula de natação e que ia começar a nadar também. Que a cafeteira estava em cima da mesa da sala e era só ele apertar o botão e desejava um bom dia para ele que, voltando-se na minha direção, apontou para a cabeça, dizendo que ela estava o cão. Desejei melhoras e saí depressa, de maiô novo, sandália havaiana e touca dentro do roupão.

Fui até o quarto buscar Raphael, que sempre sorri quando me vê. Meu filho nada desde que nasceu. Eduardo não acompanhou as suas primeiras aulas — nem as posteriores — porque disse que não queria ver embrião afogado. Não entende que natação é um dos esportes mais legais que existem. Não há risco, como em outras atividades. Adoro a vida dentro d'água, faz lembrar Marataízes, onde meus avós moravam. Quando chegavam as férias e eu era pequena, meus pais viajavam até lá, e íamos sempre à praia. E eu mergulhava e depois boiava de cabeça pra baixo e olhos abertos, e ficava vendo as plantas bailarinas no fundo do mar. No raso, porque eu ainda não sabia nadar. Tão bonito aquilo lá! Naquela época eu ainda não tinha irmã. Luli nasceu muito depois. Quando eu pedia um irmãozinho, e eu pedia sempre, papai e mamãe respondiam que antes eles precisavam alcançar as nuvens.

Nessa noite, Eduardo demorava para chegar em casa; quando se atrasava, sempre telefonava. Queria contar a minha primeira experiência no nado de costas, que é o oposto do *crawl*, com a barriga para cima, como o próprio nome indica. Só dá medo de bater com a cabeça nas bordas. E ele não chegava. Telefonei para a delegacia, e o delegado de plantão disse que Eduardo já tinha saído. Em seguida, liguei para a casa dos seus amigos, Ramón e Sandoval. Ramón gosta muito do Eduardo; ele tem dinheiro e não trabalha, vive saindo, comendo fora, viajando. Já Sandoval trabalha demais, porque, além da filha e da mulher, tem que sustentar os pais. Ambos estavam ocupados, falaram rápido e desligaram. Sandoval tomava conta da filha, que chorava; e Ramón esperava convidados.

Fui me deitar sem ver Eduardo chegar. Acordei com um barulho na sala. Estava tendo um sonho esquisito: tomava sol na praia, quando, de repente, vi uma gaivota carioca tentando encontrar uma roupa para ela, mas nenhuma nuvem servia. Ela então chorava arrancando as penas. Logo depois, escutei Eduardo gritando merda e chutando coisas na sala. Devia ter bebido. Me levantei e fui até lá; ele estava descabelado, havia tirado o paletó e jogara-o em cima da cadeira, dizendo que tinha sido a porra de um dia, ou um dia de porra, como eu preferisse, embora a segunda opção fosse a mais correta. Perguntei o que tinha acontecido.

— Tive que comer o Ramón. Amanhã eu explico.

2

Era cedo quando deixei um bilhete para Eduardo na mesa da sala, debaixo da sua xícara de café, dizendo que tínhamos viajado, Raphael, a babá e eu. Estava com saudade de minha mãe, e ela não via Raphael havia muito tempo. Deixei também um bilhete para a diarista, com o porteiro, avisando que tinha viajado e não sabia quando voltaria, enquanto isso que ela atendesse o doutor Eduardo. Não podia pensar no Eduardo porque me lembrava daquilo que ele havia dito e sentia um mal-estar muito grande. E eu queria contar sobre a aula de natação...

Fomos direto para o aeroporto pegar o avião. Quando chegássemos, alugaria um carro que nos levaria até a casa de meus pais. E ainda teríamos duzentos quilômetros de estrada pela frente. Eu torcia para que Raphael dormisse, nunca o tinha visto tão acordado! Embora Eduardo diga que meu dinheiro não serve para nada, era com ele que estávamos fazendo a viagem. Difícil viajar com um bebê de nove meses; felizmente, a babá aceitara vir conosco.

Dulce não conversa com ninguém, nem com a diarista. Está sempre quieta, observando, pensativa, mas Raphael já se acostumou e gosta muito dela. Talvez ela tenha assistido a tantas coisas na nossa casa que se calara.

Raphael não dormiu durante toda a viagem, nem no avião, excitado com a novidade. Dulce também não. Os dois olhavam para tudo e para todos. Eu estava cansada dos pulos do Raphael no meu colo, embora precisasse dele perto de mim. Somos três, Eduardo, Raphael e eu, quando um de nós não está, sinto que os outros se desequilibram. Ainda bem que nós, mãe e filho, estávamos juntos.

De longe via a casa de meus pais: destelhada, as paredes descascadas e o portão empenado. Eles moram na mesma casa desde que eu nasci e nunca puderam reformá-la, mas sempre fizeram planos. Fiz uma conta rápida de quanto tempo fazia que não os visitava. Talvez dois anos desde a última vez que nos vimos, quando eles foram à nossa casa. Lembrei da confusão feita por Eduardo quando dei a notícia da chegada.

Mamãe, assim que ouviu o barulho do táxi, apareceu na porta, com seu riso claro, agitando o lenço. Papai surgiu logo atrás dela. E Luli, minha irmã, onde estava? Saltei com Raphael rodando no meu colo, suado, tentando ver tudo ao mesmo tempo, e Dulce ao lado, com as sacolas na mão. Assim que me aproximei deles, Raphael se atirou nos braços do meu pai, que, beijando-o, levou o neto embora;

mamãe correu atrás, cobrando seu beijo. Os dois estavam felizes e embaraçados com a minha chegada. Será que eu estava tão diferente deles? Papai, que tem criação de galinhas, foi para o quintal levando Raphael. Tinha nascido pintinho? Perguntei à mamãe, abraçando-a, e ela achava que tinham nascido dois. Raphael ia adorar, eu disse, entrando em casa de braço dado com ela. Mamãe contava que tinha calculado a hora da nossa chegada, e que, enquanto o táxi não apontava na curva, aproveitara para aguar as plantas.

— Viu como tá tudo jururu? Ah, quer um cafezinho com broa, Belmira? Coei agorinha...

Mamãe tinha chamado a vizinha para cozinhar no dia da minha chegada, só assim podíamos conversar com vagar, ela disse. Sentamos em volta da mesa, e então notei o rosto envelhecido de minha mãe, as mãos manchadas e as unhas maltratadas. Ela respirou fundo e iniciou a conversa falando sobre Suely, que estava dando muito problema, cismara com um rapaz que não prestava e que morava ali perto.

— E sua irmã vive enfurnada em casa ou correndo atrás desse moço... desse Reinaldo, que namorou ela e depois largou por causa de uma prostituta! Desgraçado!

— E ela gosta dele?

— Gosta... gosta... menina cisma!

Depois mamãe falou sobre papai, que acordava mascando as gengivas por causa da dor de dente mas não queria ir ao dentista. Achava que com a idade que estava, era só esperar um pouco mais.

— Seu pai gosta de me atazanar a vida... Isso é coisa que esse homem diga?... Vê só!...

E o que mais?, perguntei. Penteando o cabelo com os dedos, ela disse: o de sempre. Dinheiro curto. Que vida consumida, Maria Santíssima... Você há de se lembrar, também passou por esse apertume quando morava aqui, a vida toda espezinhada por causa de dinheiro. Nesse momento, eu disse que tinha uma surpresa e mostrei a quantia que levara de presente; mamãe me abraçou, dizendo que eu, sim, tinha dado sorte, feito bom casamento, sujeito trabalhador, cumpridor dos seus deveres, que nada me faltava, graças a Deus... nisso, apareceu a vizinha, de avental, braços estendidos pingando, acenando para mim com a cabeça e pedindo que mamãe fosse até a cozinha. Mamãe desapareceu e papai surgiu com Raphael no colo, trazendo um pintinho apertado entre as mãos, avisando que ele tinha feito xixi. Quem?, perguntei. Sorrindo sua boca de poucos dentes, ele disse, seu filho, uai! Uma operação, trocar as fraldas do Raphael com o pintinho quase esmagado em suas mãos. Dulce conseguiu salvar o bichinho.

Mamãe voltou da cozinha e nos chamou para sentarmos à mesa; rodava em volta dela, alisando a toalha, apontando as travessas, nomeando os pratos, esfregando as mãos. Sentávamos, quando meu celular tocou.

— Volta!! — Era Eduardo, gritando.

Me levantei imediatamente, o guardanapo de papel voou do meu colo, e me afastei para falar com ele.

— Por que você fez isso, Bela!? Vem embora! Hoje!

Não daria para voltar no mesmo dia, ele sabia, eu disse, então ele mandou voltarmos no dia seguinte. Depois nos falaríamos, mais tarde eu ligaria, naquele momento tínhamos acabado de nos sentar para almoçar, expliquei. Ele deu mais dois gritos e desligamos.

Assim que voltei à mesa, mamãe perguntou:

— Era seu marido? Continua apaixonado, benza-a Deus...

Perguntei se Luli não vinha almoçar.

— Sua irmã deve de estar no colégio. Se é mesmo que foi estudar. Parece que hoje tinha prova. Acho difícil dela passar porque não abre livro. Mesmo que abra, acho que não aprende, vai fazer três anos que engastalhou na terceira série e de lá não sai de jeito nenhum.

No final do almoço, depois da sobremesa — ninguém faz ambrosia como minha mãe! —, papai pediu licença, dizendo que ia tirar um cochilo, e Dulce foi fazer Raphael dormir. Mamãe e eu voltamos a ficar a sós, ela então contou que tinha levado Suely ao posto de saúde porque ela devia estar doente.

— Depois de fuçar o corpo todo de sua irmã o médico receitou um remédio, mas seu pai não comprou porque disseram que um menino tinha tomado — custa caro o diacho! — e nunca mais se ouviu um zumbido vindo da casa dele. E parece que a mãe tinha dado também para os mais pequenos, que viraram uns anjinhos. Aí que sua irmã não vai estudar mesmo. Espera, deixa eu aguçar os ouvidos, acho que seu pai me chama. Deixa eu ir lá ver o que ele quer...

Bati na porta do quarto de Luli. Ouvi sua voz lá de dentro.

— Entra.

Entrei e não a vi. As janelas estavam fechadas, o quarto, escuro, e o rádio, ligado. Perguntei onde estava. Debaixo da cama, respondeu.

— Sai daí, Luli! Você não foi ao colégio?

— Não, estou escondida aqui pra mamãe não me achar.

— Você sabia que eu tinha chegado com Raphael?

— Sabia, mas não podia ir lá fora. E você sabia que o Reinaldo me largou por causa daquela lambisgóia? — disse, arrastando-se e em seguida levantando-se e sentando na beira da cama. — Mamãe deve de ter contado, porque ela conta tudo que acontece comigo. Reinaldo foi ficar com a prostituta da cidade. Uma delas, não é? Porque a outra é a Eunice. Não digo o nome dela que é pra afastar coisa ruim. Desconjuro! E eu aqui matutando o que vou fazer com ele. Você já foi traída, irmã? Pior coisa do mundo... Mas você deu sorte, arranjou homem bom, e não um troço feito esse que eu fui arrumar...

Luli começou a chorar, e eu fiz carinho nela, dizendo que tudo ia se arranjar, eles haviam de voltar, e seriam muito felizes juntos.

Ela esboçou um sorriso e espichou as pernas.

— Quando Raphael acordar, vou trazê-lo aqui pra você ver como seu sobrinho cresceu.

Luli sorriu e abraçou-se com o travesseiro.

Mamãe me esperava na porta do quarto para dizer que meu marido havia telefonado.

— Que sorte, benza-a Deus! Ah, ele disse que vocês não podiam se demorar porque tinham compromisso com o Comendador. Deixa eu perguntar uma coisa: vocês são amigos de Comendador, Belmira? — Balancei a cabeça. — Virgem nossa...

Fui ligar para Eduardo do telefone fixo; no celular, de vez em quando, a voz dele fugia; quando era grito, eu até preferia que fugisse mesmo. Ele grita muito alto. Diz que herdou o tom de voz do pai que não conheceu. Disquei.

— Recado.

Mensagem do Eduardo na secretária. Eu disse que era eu, esperava que ele estivesse bem, voltaria a ligar mais tarde.

Raphael ainda não tinha acordado. Havia passado da hora, comentei com Dulce, que levantou os olhos da revista que estava em seu colo, para em seguida voltar a baixá-los.

Eu já ia entrar no banho, quando o telefone tocou e mamãe atendeu. Era Eduardo. Ela veio me chamar. Saí do banheiro com a toalha enrolada no corpo. Papai, sobrancelhas arqueadas, perguntou que falta de roupa era aquela.

E continuou falando que lá não tinha disso, mulher andava sempre vestida. Eduardo estava com voz diferente, estranha. Perguntei o que tinha acontecido. Antes de responder, ele quis saber se mamãe dera o seu recado. Eu disse que sim, depois então ele contou que estava voltando do trabalho, aniquilado, como sempre, depois de um dia de bosta, de terno, com um calor filho-da-puta, quarenta graus às sete horas da noite, quando surgiu em sentido contrário uma mulher alta, magra, quase em ossos, e no exato instante em que se cruzaram ela levantou o braço e seu cotovelo tinha entrado no olho esquerdo dele. E estava doendo paca.

Assim que desliguei, repeti a história para meus pais, que estavam curiosos à minha volta.

Após o telefonema, as horas correram, talvez por causa da dor de barriga do Raphael. E nenhum colo serviu para aliviá-lo da dor. Mamãe fez chá de erva-doce, aí ele parou por instantes de chorar. Depois, recomeçou. Papai apareceu com dois pintinhos nas mãos. Raphael, de novo, interrompeu o choro e quis agarrar um dos pintinhos, e por pouco não esgana o bichinho. Mamãe mandou papai sumir com eles. Meu neto de colo judiou do pintinho?, ela disse, sacudindo a bochecha do Raphael, que já voltara a chorar. No final do dia, eu estava cansada de carregá-lo, choramingando o tempo todo. Entreguei-o a Dulce, avisando que o nariz dele estava escorrendo, e ela levou-o para o quarto. De vez em quando eu escutava um chorinho, então me levantava e ia ver meu filho até que, finalmente, ele dormiu. Podíamos fechar os olhos.

Acordamos no corre-corre. Corríamos todos dentro de casa, Dulce e eu, arrumando as coisas, papai e mamãe atrás de mim fazendo perguntas, e ela pondo doces na mala. Queria que eu levasse pão de queijo. Eu disse que eles eram encontrados em toda parte. Torcendo a boca, mamãe levou o embrulho de volta para a cozinha. Quando o táxi chegou para nos buscar, ela repetia "vão com Deus, e que Nosso Senhor Jesus Cristo acompanhe vocês". De repente, vimos Luli correndo de camisola para se despedir. Deixou nos braços de Raphael seu urso. Mandei que Raphael desse um beijinho nela, ele já tinha aprendido, mas às vezes não acertava, como aconteceu desta vez, deixando o rosto de minha irmã todo babado.

Depois da longa viagem de volta, estávamos no corredor de nosso apartamento, quando escutei a voz do Eduardo no interfone, aos berros:

— Está pegando fogo no edifício! Acho que é no sexto andar, Josimar. Vai lá, rapaz!

Eduardo tem pavor de incêndio, vive com a cabeça para fora da janela, tentando ver se há fogo nos outros andares e, volta e meia, faz os porteiros interfonarem para a casa dos moradores. Outro dia, um porteiro novo ficou tão nervoso que subiu os dez andares correndo, batendo na porta de cada apartamento para saber se havia fogo lá dentro.

Assim que Eduardo nos viu entrando em casa, largou o interfone, que ficou balançando, pendurado, batendo contra a parede, e veio correndo ao nosso encontro. Logo em seguida, começou a dançar no meio da sala. Raphael, que já é risonho, ria de fazer barulho vendo o pai dando pirueta. Mas é engraçado mesmo ver Eduardo dançar, até Dulce esboçou um sorriso vendo a cena. Como rimos e choramos na nossa casa!

Quando acabou a dança, perguntei a Eduardo sobre o olho. Que olho?, ele também perguntou. Da mulher do cotovelo. Como eu havia demorado, tinha passado, respondeu. Depois, puxou conversa:

— Então... todos vivos no sertão?

— Não é sertão.

— Uma espécie de sertão, Bela, piorado. Mas todos vivos então?

Fiquei em silêncio.

— Não é necessário que me responda, senão você já estaria chorando porque uma das galinhas morreu. Bem, já que não quer conversar, e eu sei qual a razão, quero avisar que o Lucho deve estar chegando para tomar um café comigo.

— Quem é Lucho?

— Meu amigo; ele vai me ajudar a comprar um piano.

— Você ainda não tinha falado nele.

— Acabei de falar.

— Vocês vão tomar café?

— Alguma vez eu disse uma coisa por outra?

Passei Raphael para o colo de Dulce; ele saiu com braços estendidos para o pai, enquanto Eduardo dava pulos e acenava para o filho; fui guardar as coisas, pôr tudo no lugar. A mala estava quase vazia, quando escutei a campainha e, depois, a voz do Eduardo.

— *Como estás?*

— *Bien, y tú?*

— *Estoy bien, siénta-te, hombre.*

Voltei à sala. Assim que Eduardo me viu, disse:

— *Quiero presentarte a mi mujer, Bela.*

Ele não fala português?, perguntei. Claro, mas descobrimos que falamos melhor em espanhol, Eduardo respondeu, e sorriu para o amigo.

— *Un tequila, hombre?*

— *Un tequila!*

E o café, Eduardo?, voltei a perguntar. Depois, Bela, depois, disse, se afastando, e foi pegar cálices no armário.

Entrei no banho. Em seguida, fui assistir ao último capítulo da novela, deitada, estava cansada da viagem. Muitos quilômetros percorridos em poucos dias. Já tinha avisado a Dulce para servir o café na sala. Se é que eles tomariam. Quando terminou a novela, fui falar com Eduardo; logo que entrei na sala, vi os dois deitados no tapete; Eduardo ria, e seu amigo dizia:

— *Donde estoy? Caray, fodió!*

3

— Quem é Lucho, Eduardo? Sabe como ele saiu daqui? Carregado. Por Dulce, por mim e pelo porteiro. A diarista ainda não tinha chegado, então eu precisei chamar o Josimar, porque você estava desacordado. E não consegui te tirar do lugar, você dormiu ali mesmo no chão.

— Entendi o sonho de colocador de tacos.

— E o Lucho, diz, quem é?

— Lucho foi escoteiro junto comigo. Antes fui lobinho, conheci Lucho depois, no escotismo. Tive uma vida de menino muito atribulada, Bela. Por isso sei tantas coisas... A minha praticidade vem daí. Ser escoteiro prepara um sujeito pra vida toda! Mas não foram só as coisas práticas que eu tive que aprender. Minha mãe achava que música fazia parte da educação. Estava certa, viu? Estudei acordeom. No final da primeira aula, anunciei: Nasci para o acordeom! Foi a minha primeira e única experiência musical! Por que esse olhar variável, Bela? Sei que está chateada por causa do meu encontro com Lucho, e mais chateada ainda pelo meu encontro com Ramón.

"Comecemos por este último. Não quero que paire nenhum desentendimento entre nós, e tampouco desejo que tenha pensamentos equivocados a meu respeito. Como você sabe, Bela, apesar de me dirigir a todos com simplicidade e afeto — porque quando uma pessoa se fecha, acelera o envelhecimento —, devo confessar que minha conduta permanece irretocável. Continuo rigorosamente fiel ao nosso compromisso. Um homem honra seus compromissos. Não houve nenhuma mudança repentina para uma linha mais aberta. Por que essa expressão de cachorro em dúvida? Você escutou direito, Bela. Sabe que esta noite eu sonhei que estava com dor de dente? Não acha que os dentes deviam ser aparados, como as unhas? De qualquer maneira, encravariam. Bosta. Antes de entrarmos na história do Lucho, uma pergunta: está hipnotizando a unha do pé? Não sabe que a cabeça pesa mais que o corpo? Com o que, de fato, você devia se aborrecer, Bela — porque não sei qual a razão que me fez dizer no início ter conhecido Lucho quando do meu período de escotismo —, é com essa história, porque não fui verdadeiro com você. Disse-o — bonita construção, hein? — porque ele me lembrou um colega de escotismo. Grande companheiro! Sempre alerta!... Quanto ao Lucho, na verdade o conheci no dia em que resolvi aquele crime. Lembra? Fiquei tão exultante que fui para um bar na cidade comemorar e acabei convidando todos os presentes para a minha mesa. Entre eles, estava o Lucho. Que me contou que era eletricista e tinha virado músico eletrônico. Sabe como se deu a passagem, Bela? Hein? Pelo barulho. Foi o que o levou de uma coisa a outra. Fantástico, não acha?

— Estou cansada, Eduardo, e ainda tenho aula de natação. Você está falando há muito tempo, e bebendo demais.

— Sou um homem cheio de palavra e de comemorações, Bela. Comemoro a amizade, como não? Nunca fiz segredo do tributo que rendo aos amigos, desde a época do escotismo, para retornarmos ao tema. Mas vamos ao que interessa: esta noite, prepare-se, será memorável. Terá festa na embaixada, com a presença honorífica do nosso digníssimo. *Habemus* Comendador!

— Estou fazendo um catálogo de traições. Depois de dez anos de casamento, aprendi alguma coisa. Ainda estou no início, porque elas são muitas, e variadas.

Eu estava na piscina, dentro d'água, esperando o treinador, e duas mulheres na raia ao lado conversavam. A que estava com a palavra, e com um turbante na cabeça, continuou:

— A primeira e a mais perigosa de todas é quando o marido se apaixona e quase sai de casa, mas acaba ficando. Quando ele renuncia. Após o término, fica pelos cantos, pensativo, absorvido em si mesmo, alguns se deprimem, tentando se convencer de que foi a melhor solução para o caso. Dentre todas, essa é a mais perigosa, porque é uma história em aberto, interrompida, a qualquer momento eles podem se reencontrar, e aí, adeus, ele vai de vez.

O treinador estava demorando, e a mulher continuava:

— O segundo tipo não oferece perigo. Eles se conhecem, se entusiasmam, se empolgam, desatinam mesmo, e vão em frente. À diferença da história anterior, essa é muito rápida. Em casa, atrasos, desculpas, telefonemas em voz baixa, para, no final, tudo terminar e ele retornar à relação conosco. Presente, atencioso, carinhoso. Culpado. Quando sozinho, percebe-se o quanto está decepcionado, mas aliviado. Essa história não oferece perigo, porque se fechou.

— Saca todas, hein?... — disse a amiga.

— Ah!, e o "frila"?, manja ele? Sempre atento, disponível, aberto à novidade, louco pra se apaixonar... Esse topa tudo...

Saí da piscina, fui para o vestiário, troquei de roupa e fui embora.

Raphael não tinha aula de natação todos os dias. Nesse, antes de ir para a academia, deixara-o na pracinha com a babá. Na volta, fui me encontrar com eles. Meu filho faz a maior festa quando me vê, e já está começando a dizer umas palavras; assim que me viu ao longe, sacudiu os braços e as pernas, balbuciando: ma-mã! Em todas as vezes fico com os olhos cheios d'água.

Nessa manhã, Eduardo tinha conseguido acordar mais cedo, porque havia marcado hora no dentista. Ao chegarmos em casa, encontrei-o deitado no sofá da varanda.

— Como foi, Eduardo?

Levantando a bolsa de gelo sobre a bochecha, respondeu, entre dentes:

— Tem um elefante aqui — e apontou para a boca — que de vez em quando estica as patas. É quando penso em matar o Roberto, a golpes de boticão. Mas agora o bicho está quieto. O assassino fez uma cirurgia na minha gengiva. Deve ter levado um bife pra casa.

— Não fale tanto...

Toda vez que Eduardo precisa ir ao médico ou ao dentista, é um problema. Sofre muito. Acorda várias vezes no meio da noite, assustado, me sacudindo, depois volta a dormir. Me abaixei com Raphael no colo para que ele desse um beijo na bochecha do pai, mas Raphael, rindo, deixou escapar uma baba que Eduardo, chamando o filho de porcão, aparou com a bolsa de gelo. Em seguida, urrou o nome do dentista. Raphael não entende as reações de Eduardo, mas está sempre rindo do pai; às vezes, estremece no meu colo com os gritos, como aconteceu dessa vez; então eu o abraço e digo que o papai está brincando.

Fui me preparar para dar aula, enquanto escutava a voz do Eduardo.

— Estou muito mal, Bela, fica um pouco perto de mim, me dá atenção, me faz carinho...

— Depois — respondi, do quarto.

— Impressionante... o cara está fodido, porque foderam com ele, chama a mulher, e ela não dá a menor atenção...

Ao passar pela sala, Eduardo fez sinal de que queria conversar, balançando os dedos indicadores.

— Com dor de dente? — perguntei.

— Preciso te dar notícias do Comendador.

— Estou com pressa, Eduardo.

— Ele também, mas acha praticamente impossível nos encontrarmos esta noite. Lamenta profundamente, mas o tempo não está bom para sair de casa. Vai se recolher. A contragosto, você pode imaginar.

— Estou indo, Eduardo. Vou me despedir do Raphael. Qualquer coisa que você queira, peça a Dulce. Ela está de sobreaviso. Recomendei seu almoço à diarista. Pedi que fizesse quase papa.

— The mama's and the papa's. Ouviu falar nesse conjunto, ou não havia ainda esboço de Bela nas plagas do interior? Plagas não são pragas, certo, Belmira?

— Estou levando o celular. Ah!, o porteiro mandou avisar que está recolhendo o condomínio.

— Caceta!

Cheguei de volta um pouco antes da hora do jantar e não encontrei Eduardo em casa.

— O doutor Eduardo saiu, Dulce?

— Disse que ia comprar um remédio e já voltava.

— Por que não pediu pelo telefone?

— Não sei dizer não senhora.

— E Raphael?

— Vou dar a sopinha dele.

— Onde anda o cachorro? Não ouvi mais o barulho dele.

— Doutor Eduardo pôs a focinheira nele quando a senhora viajou, para ouvir música sossegado, ele disse. Deu ordem para só retirar na hora da refeição.

— Tira, Dulce, tira! Vou ligar para Eduardo. Ele levou o celular?

— Não vi não senhora.

— Fora de área.

Jantei, assisti à novela, e nada do Eduardo. Comecei a ver um filme quando a novela acabou — depois de ter tentado várias vezes ligar para o celular dele — e acho que acabei cochilando, porque acordei com o interfone tocando. Corri para atender. Era o porteiro, pedindo que eu descesse, Eduardo estava na garagem do prédio querendo falar comigo. Pus o robe em cima do pijama, avisei a Dulce que estava descendo e entrei no elevador com a carteira e a chave de casa na mão.

Assim que entrei na garagem, percebi que havia outra pessoa dentro do nosso carro. Ao me aproximar, vi que era um rapaz que eu não conhecia, sentado no lugar do motorista, ao lado de Eduardo, que estava torto, roupa amarrotada, descabelado, dizendo que aquele, sim, havia sido escoteiro como ele. E levantou o braço do rapaz.

Tinha bebido de novo. Cumprimentei o rapaz, que me contou que encontrara Eduardo no bar, e o dono do bar dissera que o conhecia e que ele estava sem condições de voltar dirigindo, apesar de querer sair com o carro. Então o rapaz tinha se oferecido para trazer meu marido em casa.

— São uns babacas... — dizia Eduardo, com olhos sem direção.

Enquanto o rapaz explicava a situação, Eduardo tentava abraçá-lo, ora a ele, ora a mim. Suas mãos, tontas, quase arrancaram os óculos do rapaz, e um dos seus dedos entrou no meu ouvido.

— Já viu a Bela? — perguntou Eduardo ao rapaz. Ele balançou a cabeça.

Em seguida, agradeci e disse-lhe que eu podia ficar sozinha com meu marido. O rapaz foi embora, e eu me voltei para Eduardo, que continuava falando sozinho.

— Vem, Eduardo, vamos subir. — Tentei puxá-lo para fora do carro. — Quer que eu chame o porteiro?

— Não, quero dormir aqui com você, vem... — disse, com voz pastosa.

— Já está tarde, vamos...

— Quero dormir aqui, me deixa... — Caiu com a cabeça pra trás e com a boca inteiramente aberta.

Fui chamar o porteiro.

— Vamos, doutor Eduardo... — Tentou tirá-lo do carro.

— Me deixa, porra!

— Deixa, Josimar, obrigada.

Ele voltou para a portaria, e eu entrei no carro e me sentei no lugar em que estava o rapaz. Durante algum tempo, tentei convencer Eduardo a subir, mas ele dizia que queria ficar ali. Dava socos no ar, ria, e às vezes acertava o volante. Aí, gemia. Vive se machucando. Fiquei ao seu lado mais algum tempo, até chegar à conclusão de que não o convenceria, então abri a porta do carro e saí. Passei pela portaria e pedi a Josimar que de vez em quando desse uma espiada em Eduardo. Qualquer coisa, podia me chamar. Dei boa-noite e subi. Dormi numa noite escura, com Eduardo lá embaixo, sozinho, longe de mim.

No dia seguinte, acordei com o telefone tocando. Era mamãe. Queria contar que Suely tinha voltado com aquele sujeitinho, e ela e papai estavam muito preocupados. Dizia que minha irmã ia se encalacrar. Por que Deus não vem em nosso auxílio?, perguntava. Eu ouvia o que ela falava com dificuldade, lembrando que Eduardo ainda devia estar na garagem. Mamãe se despediu, dizendo que ligaria em outra hora, não sabia que a babá tinha dado uma saidinha e eu estava sozinha com Raphael.

Escovei os dentes voando, passei correndo por Dulce na cozinha, que esquentava a mamadeira do Raphael, e avisei que ia dar uma descida, já estaria de volta.

Encontrei Eduardo acordando. Assim que me viu, ele saiu do carro, brigando:

— Francamente, Bela, isso é coisa que se faça? Me deixar dormir na garagem?

— Depois nós conversamos.

— Tem conversa não... vamos subir.

— E a boca?

— Que boca, caralho?

— Não diz palavrão, Eduardo, olha o porteiro...

— Subindo, Bela, subindo.

Dentro do apartamento, eu disse que achava melhor conversarmos.

— Conversa nenhuma, tomar banho e trabalhar.

Pouco depois, ao se despedir do Raphael, fazendo cócegas na barriga dele e chamando-o de campeão, Eduardo voltou-se na minha direção, disse até mais e saiu de casa, limpo e perfumado.

À tarde, ao chegar das aulas, entrei em casa e o telefone estava tocando. Corri antes que a secretária atendesse.

— Bela, estou falando baixo para que não me escutem, mas acho que estou morrendo. Diz alguma coisa.

— Vou te buscar.

— Você chega em quantos minutos?

— Depende do trânsito.

— Acho que não vai dar... Sou tão moço, não é, Bela? Tanta vida pela frente...

— Telefono quando estiver chegando. Liga o celular.

4

Fui o mais rápido que pude até o edifício onde Eduardo trabalha porque imaginei que ele devia estar muito aflito. Assim que o carro fez a curva, avistei-o entre as pessoas, andando de um lado para o outro, olhando para todos os lados. Parei em frente a ele, e, mal abri a porta, Eduardo se lançou dentro do carro. Saímos em seguida.

Durante o percurso, várias vezes ele me fez pôr a mão sobre seu peito, mas eu precisava retirá-la logo porque estava dirigindo; e, volta e meia, ele me assustava:

— Olha o ônibus, Bela! Quer que eu tenha morte dupla?

E soltava um gemido alto. Então eu perguntava se estava doendo:

— O que você acha?

Em seguida, dizia que não podia falar, e eu o estava forçando. Então fiquei quieta. Passado algum tempo, ele disse que eu não me interessava por ele.

— E o que estou fazendo aqui?

— Bela, não estou podendo brigar...

Ficamos em silêncio.

— Será que é a última vez que estou vendo essa paisagem?... O Rio é uma cidade que abraça a gente... e que abraço, hein, Bela?... que os pariu! Sabe que naquele sinal ali um porrinha tentou me assaltar duas vezes? — Eduardo cruzou o braço na minha frente para apontar o local e esbarrou no meu rosto. Afastei o braço dele.

— Ô, Bela...

— Estava sem enxergar.

— Mas ouviu a história? Na primeira vez o cara não levou nada, e na segunda tomou um cascudo! Faz tempo que o morro desceu, só não vê quem não quer... Estou falando pra ver se me distraio, sabe, Bela? Dar tempo de chegar vivo em casa. Não tenho mais com quem conversar, não é mesmo?

Continuei quieta, atenta ao trânsito. E ele continuou falando que não entendia como uma mulher podia ser tão fria vendo o marido tão mal. Eu nem mais respondia às suas perguntas. Disse então que, se eu falasse, ele não gostava, se ficassem em silêncio, também não, que ele se decidisse. Eduardo disse que eu estava me tornando uma pessoa nas raias da insensibilidade. Será nas raias ou às raias?, perguntou-se. Não sabe, não é, Bela? Não importava, não havia mais tempo para explicações. Daquele momento em diante, suspenderia o diálogo comigo, era o melhor a fazer, disse. Preferia morrer no vácuo. Não entendeu, não é, Bela? Mas eu entendi perfeitamente, ele disse.

Ao chegarmos em casa, Dulce veio à sala oferecer café. Eduardo disse que, se ingerisse alguma coisa, sufocava. Ela saiu rápido.

— Você não acha melhor telefonar para o médico, Eduardo?

— Esqueceu meu último exame? Hein, Bela, esqueceu? Ferro no rabo? Sabe o que é isso? Não tem a menor idéia... Por falar nisso, o que você queria conversar, era sobre a excelsa figura do Comendador?

— Vamos sentar.

— Não sabe conversar em pé? Na sua cidade natal não se conversa desse jeito?

— Senta, Eduardo, o que eu quero dizer é que você está exagerando.

— Com o quê?

— Com a bebida.

— Um instante, Bela, a coisa está se espraiando. — Voltou a colocar a mão no peito, mas logo a retirou. — Então você acha que, de vez em quando, o sujeito tomar um uísque — que ele mesmo se proporciona —, depois de uma vida solancada, é exagero? Nunca escutou o verbo solancar, não é? Sua expressão revelou ignorância. Solancar é trabalhar arduamente, com afinco, em serviço pesado. O que fiz durante toda a vida. Só tive mole de um aos dez anos, assim mesmo tinha que ir para o teatro e ficar mudo na coxia, vendo minha mãe nas pontas. Às vezes ela chorava, porque não acertava o passo. *Pas de deux* é muito difícil, é porque você nunca tentou, Bela. Então eu chorava também, e limpava a cara no pano de boca, que é como chamam a cortina empoeirada do teatro. Que morrinha tinha aquele pano, puta merda! Naquela época, eu vivia sonhando com panos esvoaçantes que quase me enforcavam e me levavam para o centro do palco, cochichando entre si, e eu, para despistá-los, me transformava em cisne, então minha mãe aparecia e dançava à beira do lago onde eu deslizava. Sonhos que davam panos pra manga, Bela... — Ele riu.

— Vamos voltar ao que estávamos conversando, Eduardo.

— Claro.

— Eu dizia que você está exagerando na bebida porque não é um uísque que você toma.

— Não, são três. Alguém disse que o mundo está a três uísques atrás; estou tentando acertar o jogo. E o que tem tomar três uísques? Qual o exagero, diga, Miss Bela? Você gosta de ser chamada assim? Achei bacana.

— Você mesmo, quando bebe, sai gritando pelo meio da rua que é alcoólatra.

— Não gostei do seu comentário, não foi elegante, Bela, vamos encerrar a conversa.

Dulce passou pela sala com Raphael, e Eduardo pediu que ela o pusesse em seu colo.

— Ah, campeão, breve seu pai não está mais aqui...

— Não diz isso pra ele.

— Não entende nada, Bela, é igual ao cachorro, só entende "rua". Por falar nele, apareceu. Deve ter vindo se despedir. Como esse cachorro é feio, puta que pariu... veio lá da sua terra, não foi, Bela? Lá não nasce cachorro de raça? Olha, nem Raphael liga pra ele... e aí, campeão, anda muito mijão?

Raphael ria e pulava no colo do pai.

— Uma família tão unida e prestes a desaparecer... Fiz um seguro no seu nome e no do Raphael. É dever do homem amparar a família. Já vai, Bela?

— Tenho o que fazer.

— Espera, tenho informações importantes a lhe dar. A apólice do seguro está numa pasta na delegacia, é só falar com o Malaquias que ele sabe onde guardei. Por falar nele, hoje precisei contar para o Malaquias o que estava acontecendo comigo. Ele escutou, imóvel e pálido, com aquelas mãos ossudas arrumadas no colo. Um homem que aprendeu a suportar a emoção. Pouco depois entrou no banheiro; quando saiu, estava de óculos escuros. Entendeu, não é, Bela? Tinha chorado. Malaquias tinha chorado porque eu ia morrer. Sabe que eu acho que ele é a única pessoa que gosta de mim?... Um sujeito simples e honrado. Digno, Bela. Um dia, eu conto a vida dele pra você. Quanta dificuldade...

— Tenho que preparar a aula de amanhã — disse, me levantando e saindo, enquanto escutava a voz de Eduardo.

— Sabe que eu acho que você embroma esses alunos, nunca te vi falando inglês...

Logo em seguida ele apareceu na porta do quarto, trazendo no colo Raphael, que tinha as mãos grudadas no cabelo do pai, tentando morder sua bochecha.

— Desculpe eu te atrapalhar um instante...

— O que você quer?

— Pára com isso, cara! — Eduardo afastou Raphael do rosto, e ele se assustou. — Só mais uma coisa, Bela, importante, presta atenção: Quando eu estiver nos momentos finais, gostaria que você segurasse uma das minhas mãos, e o Raphael, a outra — a babá terá que estar presente, não temos como nos livrar da camela —, com Malaquias aos pés da cama. Não se esqueça de mandar chamá-lo. Ele mora longe, deve demorar pra chegar. Você tem que ser expedita. Sabe o que significa, não? Sua expressão não me convenceu. Expedito é alguém que desempenha tarefas ou resolve problemas com presteza, rapidez. Assim como sua mãe, que está há três anos pra comprar uma geladeira.

— Eles não têm dinheiro, não é, Eduardo?

— Bem, Bela, bonito o bem, Bela, não é? O que eu quero te pedir, resumindo, é que providencie um final amorável pra mim.

Nesse instante, Raphael disse mamá e se jogou no meu colo.

— Tudo bem, Eduardo, mas acho que você já ficou bom.

Ele saiu do quarto e eu saí atrás dele, pedindo que levasse Raphael de volta, pois eu precisava continuar preparando a aula.

— Aula aula — disse, dando as costas, e em seguida: — Au au au... — Brincava com Raphael, que ria.

Mais tarde, Raphael já na cama para dormir, Eduardo me chamou, dizendo que o Comendador estava se anunciando. Mal acabou de falar, o telefone tocou e ele atendeu.

— Como vai a senhora? Há quanto tempo... Todos bem em casa? Recomendações ao Dr. Francisco. Vou chamar sua filha. Bela!, a caipirinha sem álcool!

Eduardo tapava o bocal do telefone com a mão, dizendo que tínhamos falado nela, e ela havia escutado. Um ouvido notável! E fez careta.

— Meu pai não é doutor, Eduardo, não teve estudo feito você... — disse e peguei o telefone.

— O que é isso, Miss Bela!?

— Oi, mãe? Tudo bem? Hein? O que aconteceu? É?

— Todas as galinhas morreram engasgadas com milho.

Fiz um gesto para Eduardo parar de falar.

— Fala, mãe, não chora...

— Tudo morto.

— Vamos nos ver daqui a duas semanas, é aniversário do Raphael... É... o tempo passou depressa!

— Campeão, campeão, você está ficando velho!

Eduardo deu um pulo de onde estava e saiu correndo e gritando em direção ao quarto do Raphael.

Continuei no telefone:

— Não chora, mãe... e o que ela disse? É?... Vai dar tudo certo. No fundo, Luli sabe o que quer. Olha, estou esperando vocês para o aniversário. Aqui vamos ter tempo de conversar. Tchau, um beijo pro papai, outro pra senhora, e dá um beijo na Luli também, diz que eu estou mandando. Tchau. Fica com Deus.

Eduardo já estava de volta à sala. Desencapava o fio do abajur, repetindo que Suely não era Bela. Quando ele mexe em eletricidade, queima tudo aqui em casa. Mas deve gostar, porque ficamos no escuro.

— E aí, o que a caipirinha queria?

— Meu pai é mais digno do que o Malaquias.

— O que tem Malaquias a ver com a história?

— Você disse que ele era digno.

— E é. Porra!

Eduardo levou um choque, e jogou o fio para o alto.

— Meu pai é mais.

— Viu que eu levei um choque?

— Meu pai é muito mais digno do que o Malaquias.

— Não escutou que eu levei um choque?

— Larga meu pai pra lá.

— Posso morrer eletrocutado que você não liga.

— Fica rebaixando os outros...

— Eu, hein, Bela!

Ouvimos o choro do Raphael, fomos os dois ao quarto dele. Raphael estava de pé, na cama, tentando se equilibrar, sacudindo a grade e chorando. Eduardo deu um peteleco nele, chamando-o de velho campeão! Eu então peguei-o no colo e fiquei passeando com ele no quarto. Eduardo saiu reclamando que não podia nem chegar perto do filho. A babá olhava a cena de cara amarrada.

Raphael dormiu no meu colo. Pus meu filho de volta na cama, me despedi de Dulce, que continuava do mesmo jeito, e saí do quarto. Acho que às vezes Dulce pensa que Raphael é propriedade dela. Se comento isso com Eduardo, ele é capaz de expulsá-la pela janela. Passei pela sala, e Eduardo, descabelado, rodeado de papéis, comunicou que revisava um processo para ser enviado no dia seguinte ao Ministério Público. Assim que me viu, pediu um café. Depois de servi-lo, fui para o quarto. Não tinham se passado dez minutos, ouvi a voz dele:

— Bela, café!

Fiz mais um café, avisando que era o último, o pó estava acabando. Ele não respondeu, virava as páginas do processo quase arrancando as folhas. Assim trabalha; sem paciência. Ao terminar, trocamos de aposento. Ele foi para o quarto, e eu para a sala, apagar as luzes que ele deixa acesas quando vai se deitar. Essa era a hora de apagá-las. Recolhi também a papelada que tinha ficado sobre a mesa de jantar e escutei o barulho da televisão sendo ligada no quarto. Entrei, tirei a roupa, pus a camisola, dei boa-noite a ele, que estava arriado na cama, abraçado a um dos travesseiros — tem vários —, deitei e fechei os olhos. Estava quase dormindo, quando escutei a voz dele:

— Seu pai é um homem digníssimo, Bela. Malaquias é pinto perto dele.

Abri os olhos, e o quarto estava no breu, continuei a escutar sua voz:

— Estou muito preocupado, Bela. Com o Comendador. Depois do telefonema de sua mãe, prostrou-se. Vê como um estado interfere no outro... Quer se certificar? Hein? Dormiu?

— Quase.

— Antes que você durma, Bela, preciso dizer que não há sinal de vida. Alarmante. Estará tudo se extinguindo? O que será do nosso futuro sem a presença constante do Comendador? Sem honraria... Dignidade, para voltar à palavra da confusão. Está me escutando, Bela, ou está rezando? Diz alguma coisa.

— Vamos dormir, Eduardo. Amanhã as coisas melhoram.

— Bela! Bela! Acorda!

— O que foi? Não grita, vai acordar Raphael...

— Acende a luz! Estou muito mal... Péssimo...

— Levanta, Eduardo, vamos para o hospital. Você vai ser atendido na emergência.

— Não, vamos ficar aqui, ninguém sai de hospital, a não ser que eles se enganem. — Suas mãos seguraram minha camisola. — Pega um remédio pra mim, qualquer um serve. Confio em você. Mas antes deixa eu contar o sonho que eu tive. — Soltou as mãos da camisola e caiu pra trás na cama. — Horrível. Com a morte,

Bela. O Comendador tinha morrido, mirrado, seco, sequinho, precisava ver o tamanho do caixão... Uma caixa de chiclete Adams. Não se afasta, Bela, fica perto de mim, assim... que bela mulher eu tenho, benza-a Deus! Não é como dizem naquela terra maravilhosa?...

5

— Bela, Belinha, o dia acabou, vem cá, vamos comemorar!

— Tive aula de borboleta hoje, Eduardo.

— Tão bonito você andando com esses peitos juvenis, trazendo recados do seu corpo para o seu marido...

— Deixa eu te contar, Eduardo: sabe o que o professor disse? Acho que decorei. Olha só: no nado borboleta, os braços devem ser trazidos à frente simultaneamente, sobre a água, e levados para trás. As pernas unidas fazem um movimento coordenado com o tronco, em forma de ondulação. Viu?

— Uma pergunta: esse pilantra está te cantando?

— Quem?

— A borboleta.

— Eduardo...

— Sem conversa, Bela, papo reto.

— Claro que não.

— Qualquer dia apareço lá, e se eu notar algum clima, um leve ar de primavera que seja, saio dando porrada. Sabe que eu me preparei no boxe tailandês, não sabe? Ouviu o que eu falei? Por que está olhando pra parede? Alguma lagartixa está descolando sua atenção? Não tem nada a dizer, Bela?

— Não.

— E Raphael, o que aprendeu hoje?

— A fungar! Uma gracinha. Antes, o nariz escorria, agora a gente diz, funga, Raphael, funga, e ele consegue. Pouquinho, mas consegue.

— Beleza! Família de seriado americano! Mãe e filho se esbaldando na piscina, dourando ao sol, enquanto o pai sua e defende a grana. Tem até bandido no pedaço. Estou me referindo ao treinador, ouviu, Bela? Bem, agora, como disse o elefante para a formiguinha: vai abaixando as calcinhas. Raphael está dormindo, não está? A camela também foi descansar a corcova, certamente.

— Ela pode escutar, Eduardo...

— O DJ vai escolher a trilha sonora e pede que a formiguinha faça um desfile pra elefante nenhum botar defeito. Não é pra tirar só a calcinha... nuinha, *please*. Deixe apenas os sapatos de salto. Elegantes, hein? Vai, Bela, encenando! Hoje estou despreocupado, tudo que o Comendador precisava era de uma boa noite de sono. Relax! Está outro. Corado, rejuvenescido, bem-disposto, confiante... Esta noite ele vai sobreexceler, está numa sobreexcitação fabulosa! Sabe o que significa sobreexceler, não sabe? Destacar-se ou salientar-se notavelmente, ser mais do que excelente. Perfeita descrição do Comendador, não é mesmo? E sobreexcitação, como a própria palavra diz, é uma grande excitação nervosa. Tudo isso é uma maravilha, não é, Bela? Foda também é cultura! Como você tem aprendido com seu marido, hein? Vamos, desfilando! Não pare! Agora finja que sua carteira caiu... carteira não, senão você pega depressa, sinta que seu brinco despencou da orelha, aquele de pingente, que você gosta, e que as cores se confundem com as do tapete. De costas pra mim, não é, Bela? Isso. Agora abaixando, devagar, lentamente, procurando, está difícil achar, se concentre, abaixe mais, onde estará? Mas que brinquinho difícil de encontrar, continue, assim, abaixada e atenta; girando o corpo, devagar, olhe para um lado, depois para o outro, onde foi parar esse brinco, meu Deus?, mãos na cintura, abra um pouco as pernas, assim, tente de novo procurar, não desista, cabeça quase ao chão, também as mãos, espalmadas, isso!, não se mova agora!... mas que visão do caralho! Levantando, devagar, andando, de costas, você não vai cair, estou na retaguarda, vem, assim, o Comendador está em forma. Só não bate continência porque não pertence às forças armadas. Está pronto para ser revistado, digo, revestido, nessa hora é tudo igual, isso, chegando, subindo, na ponta dos saltos, assim, vou dar uma ajudada, afastar de leve as metades da *Big Apple*, pronto, ótimo, levantando, revestindo-o, Bela, com esse glacê delicioso, devagar, pianíssimo, sem pressa, se acomodando, beleza, agora... brincando!, gangorra, Bela, você gostava quando menina, subindo e descendo, cabelos ao vento, na pracinha de terra batida, quantos folguedos, meu Deus! assim, puta que pariu... aumentando o ritmo, crescendo, evoluindo, isso, ganhando velocidade, vamos!, trepidando e volteando, disparando, Bela! Assim, assim, uau!, uau! uau! Uuuuuu...."

— Espera, Eduardo, ouvi um barulho lá dentro.

— Dá um tempo, Bela...

— Será que Raphael acordou?

— Deve ser o cachorro se levantando pra desabar em outro ladrinho. Um saco, esse bicho! Pega a toalha pra se enrolar. Essa Dulce, não sei não...

— O que é isso, Eduardo... Você acha que todo mundo...

— É veado. Olha aí, Bela, um pedaço da bunda está de fora.

— Já volto.

— Voltou? Estava aqui pensando que só faltou a birita.

— Raphael estava dormindo, Dulce também.

— Devia ser o seu ladrão da infância, não é, Bela? Há quanto tempo você espera por ele, e ele nada de chegar... O gatuno do seu pai. Ih, pronto, fodeu.

— Gatuno do meu pai?

— Calma, eu explico! É o gatuno de que seu pai falava!... Volta, Bela! Que os pariu!...

— Bom dia! Não vai me cumprimentar? Sempre assim, não é, Bela? Enguiça, silencia. Ninguém te ensinou a brigar. Bem, vou trabalhar, trazer dinheiro pra casa, pra alimentar você, meu filho, a babá, a diarista e o cachorro. Ainda temos ração no pedaço! Raphael, fala comigo, sem babar e sem a babá, de preferência.

— Uma hora ela escuta...

— Quem será que falou, Raphael? Terá sido o belo urso que sua tia deu de presente? Beijo, campeão, tchau! Divirta-se com a fungação. Adeus, cachorro! Despeça-se das pulgas por mim. Até mais, dona Belmira! Prazer em vê-la ontem à noite!

Eduardo estava demorando de novo para chegar. À noitinha, liguei para a delegacia.

— O delegado Durand, por favor... já saiu?, obrigada.

Onde ele terá se metido dessa vez? Será que está na garagem? Acho que o porteiro teria avisado.

Entrei no quarto do Raphael, que logo disse: mamá!

— Meu filho querido! — Abracei meu embrulhinho morno.

Dulce, sempre mal-humorada. Nada a alegra, nem o lindo sorriso do Raphael. O interfone tocou. Entreguei Raphael nas mãos de Dulce. Era recado do Eduardo, com certeza! Um rapaz estava na portaria querendo falar comigo. O que teria acontecido? Ainda bem que eu não tinha trocado a roupa, peguei a carteira, a chave de casa, avisei a Dulce que daria uma descida, e saí escutando a vozinha do Raphael:

— Mamá! Mamá!

Na portaria, um jovem, de bermuda, queimado de sol, disse que nos conhecia, a mim e ao Eduardo. Morava ali perto e já havia nos visto juntos várias vezes. Que eu não me assustasse, mas meu marido estava sentado na esquina ao lado de uma mendiga. E se ofereceu para me acompanhar. Ao nos aproximarmos, vimos os dois, recostados no muro, com uma garrafa entre eles, completamente embriagados.

— É o treinador?.... — perguntou Eduardo, mal conseguindo falar, ao notar o rapaz ao meu lado. — Diz a ele pra abaixar aqui pra eu dar uma porrada nele... — Depois, rindo e caindo para o lado, apresentou a mulher, dizendo que ela era gente superfina. Tivera até apartamento de cobertura e avião. Era a Catherine Stronderburg, mas todo mundo a conhecia como Miss Cat.

A mulher cobriu a cabeça com um pano escuro e ficou soltando palavrão, baixinho. Chamei Eduardo para irmos embora, e ele disse que iria até o bar, a garrafa estava acabando.

— Vamos, Eduardo! — disse, e o puxei pela mão.

O rapaz me ajudou a levantá-lo, e enquanto o carregávamos até o edifício, ele foi dizendo o que diz nessas horas:

— Sou um alcoólatra!

Um homem que passava por nós balançou a cabeça.

Chegando ao edifício, agradeci ao rapaz.

— Acontece — disse ele ainda, antes de virar as costas e ir embora.

Mesmo embriagado, Eduardo tentou fixar os olhos no rapaz enquanto ele falava; depois que ele se afastou, perguntou ao porteiro se ele queria conhecer Miss Cat.

— Ela já teve avião... — disse, e, perdendo o equilíbrio, caiu em cima dele, que o abraçou.

— Vamos, Eduardo! — chamei, e fui guiando-o até o elevador.

— Vai lá, rapaz! Vai! — dizia Eduardo para ele, tentando virar de costas.

No quarto, enquanto eu o levava até a cama, e tirava sua roupa, ele reclamava que eu estragara seu programa. Deixei-o de cueca, na posição em que estava; não tive forças para ajeitá-lo na cama. Eduardo é muito pesado. Troquei a camisola, sob os roncos dele, que quando bebe ronca em dobro, e me deitei. Felizmente, durante todo esse tempo Raphael não tinha acordado, nem ele nem Dulce.

Eu tomava café de manhã quando Eduardo apareceu, de camiseta e cueca, e sentou-se à minha frente. Peço sempre para que vista uma bermuda, mas não adianta.

— Já sei que você quer falar sobre ontem à noite. Quer me falar da tristeza de ter um marido assim; a que ponto eu cheguei, bêbado, na sarjeta, ao lado de uma mendiga... De modo geral, as pessoas se atêm ao que vêem, e você certamente deve ter se deixado impressionar com a cena. Na verdade, Bela, tratava-se de uma experiência. Eu precisava me colocar do outro lado da vida. Somente assim posso investigar com rigor os delitos com os quais me defronto. Pelo seu olhar alhures, deve ter embatucado na palavra "delito". Vamos lá, delito: qualquer ato que constitua uma infração às leis estabelecidas; ato considerado punível pelas leis que regem uma sociedade; crime, infração. OK? Continuando: como é do seu conhecimento, estou com um caso em andamento, e impossibilitado de entrar em detalhes, o sigilo exige, você sabe; e como delegado atilado que sou, preciso conhecer situações-limite. A intenção fundamental era essa. Ah, sim, atilado: cumpridor de suas obrigações, correto; escrupuloso. Mas, voltando ao episódio: desta vez me enganei, Bela, porque Catherine Stronderburg era uma mendiga. Mas não me enganei tanto assim, porque Miss Cat, antes de entrar para a mendicância, era homossexual, daí o Cat. Não digo que o mundo é veado? E a cabeça, Bela? Por que se esqueceu de me dar Engov? Está querendo me derrubar?

— Não tinha em casa.

— E se esqueceu de mandar vir da farmácia? Não sabe o marido que tem e que te ama? Vem cá, Belinha, estou com saudade do seu cheiro, mendiga fede pra caralho....

— Estou saindo para a natação, Eduardo.

— Vê lá, hein!

Ao chegar do trabalho — dessa vez, Eduardo veio direto para casa —, ele avisou que queria dizer algo que havia pensado.

— Bela, acho que nunca te disse, mas esta capacidade de vida contínua é o que mais aprecio em sua personalidade. Você é uma mulher simples, reta, plana. Inalterável. Sabe do que estou falando?

— Por que está me dizendo isso?

— Reparei.

— Só agora?

— Não, com o passar do tempo.

— Não estou entendendo.

— E tem um aspecto seu que beira a perfeição: a capacidade de lidar com um título civil honorífico, estou me referindo ao nosso prezado Comendador, claro.

— Também quero te dizer que minha família chega amanhã, vem para o aniversário do Raphael, no sábado. Vão aproveitar e passar a semana no Rio.

Eduardo soltou um grito e saiu da sala.

— Bela, antes que você durma, gostaria de lhe dizer uma palavrinha. Claro que estou arrasado com a notícia da chegada. Você sabe que eu não gosto de família. Qualquer que ela seja. Não é à toa que não tenho. Só tive a minha pequena bailarina, e assim mesmo na ponta dos pés. Passo muito mal na presença de familiares. Têm vezes que até vomito. Uma vez desmaiei num batizado, e em outra oportunidade fui a uma comemoração de bodas e quase saí estendido. Apertos de mão, beijos e abraços compungidos liquidam comigo. Claro que nessas ocasiões eu tinha tomado umas coisas. Mas o mal-estar mesmo veio em função das manifestações ruidosas de apreço. Percebo claramente quando são folhas da mesma árvore. Mas não era sobre isso que eu queria falar...

Eu estava muito cansada para conversar, mas Eduardo insistia:

— Por que revirou os olhos de repente?

— Sono.

— Bela, desculpe, mas estou com uma ligeira insônia. Peço que, antes de você dormir totalmente, com aquela respiração de passarinho que foi roubado do ninho e está nas últimas, que me conte como era a vida no seu torrão, com patos, galinhas etc. Me fale dessa simplicidade encantadora, tenho certeza que meu sono advirá. Que verbo para ser usado assim à noite, hein, Bela? Mas diga...

— Ah, Eduardo...

— Por favor...

— Levantávamos com meu pai ainda no escuro para dar de comer aos bichos.

— Continue, começo a sentir o efeito de suas palavras....

6

Era cedo ainda quando escutei batidas na porta e a voz do meu pai do lado de fora.

— Ô de casa!

Chegaram! Larguei a xícara de café na mesa e saí correndo para abrir a porta. Eduardo correu também para o banheiro com o jornal na mão, perguntando por que não haviam tocado a campainha. Abri a porta e vi os três: papai, mamãe e Luli! Abracei-os, cheia de saudade!

— Virgem, mas é uma lonjura esse Rio de Janeiro, estou descadeirada... — disse mamãe, passando embrulhos de vários tamanhos para as minhas mãos. — E o menino onde está? — continuou ela, adentrando a casa.

Eu disse que iria buscá-lo.

— Raphael está quase andando... — falei, já no corredor.

— Cadê seu marido? — perguntou mamãe assim que eu voltei para a sala com Raphael no colo.

Respondi que Eduardo já vinha, precisava chegar cedo à delegacia, e estava no banho; ouviu-se o barulho da descarga do banheiro. Luli e papai tentavam brincar com Raphael, mas ele, estranhando, e ainda com sono, virou o rosto e se aconchegou no meu corpo.

— Já-já ele vai com vocês.

Eduardo apareceu na sala e foi apertar a mão do meu pai:

— Como está, seu Francisco?

Nesse momento, soprei no ouvido dele o nome de mamãe, que ele sempre esquecia.

— E a senhora, dona Josefina, está passando bem?

— Fora ter parado nesse fim de mundo pra ver meu neto...

— Outro estado, não é mesmo?

— Mas está bem tratado esse marido, cada dia mais vistoso... — disse mamãe, enquanto Eduardo se voltava para cumprimentar Suely.

— Vamos sentar... — disse eu.

Raphael continuava imóvel no meu colo, com a cabeça deitada no meu ombro. Todos (cada um por sua vez) tentavam falar com ele, inclusive o pai:

— Cumprimente as visitas, campeão!

— E nós somos visitas? — protestou mamãe, e Eduardo entreabriu a boca para fechá-la logo em seguida. Deve ter pensado em dizer alguma coisa, mas desistiu. Depois, disse que precisava sair com urgência.

— Fica à vontade, meu filho! — disse papai, e Eduardo deixou a sala apressado.

Senti Raphael escorregar devagarinho do meu colo para o chão, descalço, com as fraldas quase caindo. Não chamei a atenção deles, porque senão ele podia fazer o caminho inverso. Papai, assim que percebeu o neto no chão, aproximou-se e, abaixando-se, tirou o chaveiro do bolso e chacoalhou-o diante dos olhos do Raphael, que imediatamente o pegou.

— Você mais ele são seu pai cuspido e escarrado, Francisco — disse mamãe para papai.

Ele sorriu e se calou, pensativo, mas logo retornou, porque teve os fios da barba puxados pelo Raphael. Enquanto papai e Raphael brincavam, mamãe disse que eles queriam jantar fora conosco naquela noite. Desejavam conhecer um dos restaurantes do Rio. Um estava bom, disse ela, sorrindo e alisando a saia com as mãos.

Depois eles foram desfazer a mala no quarto que eu havia preparado especialmente para os dois. Mal se afastaram, Luli perguntou se podia tomar banho. Eu lhe disse que a toalha estava em cima de sua cama e fui mostrar o quarto que arrumara para ela; quando minha irmã viu o porta-retratos na mesa-de-cabeceira com uma foto sua, menina, me abraçou, com olhos cheios d'água. Ainda bem que no nosso apartamento tínhamos quatro quartos!

— Que tal, Bela? Escolhi esse prédio porque tem jardinzinho na frente, pra você não sentir saudade de casa...

Pegamos a chave com o zelador e entramos num hall de edifício com pastilhas todas da mesma cor, verde-água. Enquanto o elevador subia, Eduardo contava que o apartamento era espaçoso como eu queria; daria para hospedar toda a minha família! Saltamos num corredor estreito, e ele abriu a porta para uma sala cheia de luz.

E antes que eu terminasse de conhecer o apartamento, Eduardo mandou que eu tirasse a roupa, enquanto ele tirava a dele, e, se deitando no chão, disse para comemorarmos. Brindarmos à nossa casa. E me puxou pela mão; eu perdi o equilíbrio, caí, e bati a cabeça contra tacos empoeirados.

— Bela, Belinha, você é desequilibradinha? — perguntava ele, tentando localizar o machucado.

Fui ao nosso quarto falar com Eduardo, que já devia estar quase pronto para sair. Contar que meus pais queriam conhecer um restaurante no Rio.

— Um?

— Eles não têm dinheiro para comer fora, então escolheram a noite da chegada. Aonde poderíamos levá-los?

Eduardo disse que ia pensar, mais tarde telefonaria.

— Você não vai conosco?

— De forma alguma.

Estávamos os dois no quarto, tentei saber por que não nos acompanharia, mas ele, com pressa, não respondeu. Em seguida, saiu, e eu fui atrás para me despedir. Sempre que posso, levo-o até a porta. Ao passarmos pela sala, encontramos papai e mamãe falando sobre Luli, que estava no banho. Mamãe disse que ela não estava acostumada a se lavar sem tapete de borracha nos pés, podia escorregar, bater com a cabeça no azulejo e desfalecer.

— Tudo que tem que acontecer acontece desse jeito! — emendou mamãe.

Depois, perguntou se na minha casa não tinha colcha de chenile. Papai e ela fazia anos se cobriam com essa colcha. Prometi que mais tarde sairia para comprar. Já que eu ia fazer esse gasto, pediram que também trouxesse uma moringa. Eles só bebiam água de moringa. Ah, e caso o dinheiro desse, se eu podia comprar um coador. Papai não gostava de café de máquina, só do passadinho na hora. Nesse instante, Luli apareceu vestida com uma toalha na cabeça, e, atravessando a sala, foi espiar pela janela.

— Suely, não sabe que desse jeito você pode cair de ponta-cabeça lá embaixo?... Sem contar que pode pegar friagem.

— Que friagem?... — perguntou Luli, e se voltou com as mãos na cintura, soprando a franja, para, em seguida, retornar à posição em que estava.

— Mas você é muito pirracenta, hein, menina!

Eduardo deu um tchau geral, disse no meu ouvido que Suely não era Bela, e também que, à noite, depois que a família se escafedesse, eu podia lembrá-lo de como se trepava, e bateu a porta.

Passamos o dia conversando e brincando com Raphael. Dulce foi praticamente dispensada, mas ficou o tempo todo por perto com olhos atentos. No início da noite, Eduardo ligou para sugerir que fôssemos jantar no McDonald's.

— Além de barato, eles vão se divertir!

Desliguei o telefone e disse a meus pais, que estavam ao meu lado esperando o final da conversa, que meu marido estava preso no trabalho e não poderia nos acompanhar. Que eu escolheria o restaurante para o nosso jantar.

Em seguida, eles foram se preparar. Logo depois papai apareceu de barba feita, penteado, e de roupa trocada, pronto, ele disse; perguntei por mamãe, está se empetecando, respondeu.

Ultimamente vinha acontecendo uma coisa estranha com meu pai: começaram a nascer fios pretos entre seus cabelos brancos e no local da barba. Eu havia comentado com Eduardo, e ele dissera que papai devia ter comido ração no meio do roçado. Fiquei dois dias sem falar com ele, apesar de ele ter pedido perdão.

Fomos a um restaurante italiano que Eduardo e eu freqüentávamos, perto de casa. Assim que nos sentamos, o garçom trouxe pratos e talheres: quando os pôs na frente de minha irmã, mamãe assustou-se:

— Desvie a cabeça, ele pode furar sua testa, Suely!

Em seguida, perguntou ao garçom se tinha Mineirinho. Eu então sussurrei no seu ouvido que depois sairia para comprar. Mamãe insistiu na pergunta. Queria saber se no Rio de Janeiro não havia Mineirinho. Sim, respondi, mas não ali onde estávamos. Nesse momento, o garçom enumerou os refrigerantes que havia na casa, e mamãe, com um risinho, escolheu Sprite.

— É que nunca experimentei.... — disse, voltando-se para papai.

Durante o jantar, aproveitei para contar sobre a natação. Apesar de não saberem nadar, papai e mamãe se interessaram pelo assunto. Falei sobre os estilos: *crawl*, de costas, de peito e borboleta. Contei que precisava nadar todos para trabalhar a musculatura do corpo. Estava aprendendo *crawl*, e expliquei como era. E que precisava nadar três vezes por semana, durante 45 minutos. Era o que eu fazia. Eles ouviam atentamente, e, enquanto eu falava, mamãe tentava acompanhar com gestos; várias vezes esbarrou em papai, e ele reclamava:

— Olha esse braço, José!

Papai não diz Josefina — nome de minha mãe — até o final, então fica José. Eu disse que achava importante que Luli aprendesse a nadar. Na cidade vizinha à deles havia um clube, certamente devia ter piscina e aulas de natação. Não há risco na natação, como em outras atividades físicas. Só ia fazer bem para Luli, frisei. Enquanto eu falava, mamãe olhava para minha irmã, que comia azeitona atrás de azeitona.

— Está lambiscando muito, hein, Suely...

Luli inflou as bochechas e continuou pegando azeitonas. Nesse momento, meu celular tocou. Era Eduardo, dizendo que ia comer na cidade e depois iria para casa. E como estava a trinca caipira?, perguntou. Não respondi nem me despedi. O telefone voltou a tocar:

— Fiz a conta errada, é o quarteto caipira!

Voltei a desligar sem me despedir. Mamãe perguntou se meu marido estava para chegar. Respondi que ele não viria, estava com muito trabalho, comeria um sanduíche na cidade; mais tarde nos encontraria em casa.

— Mas que rapaz trabalhador! Viu, Suely? Mire-se no exemplo de sua irmã, que fez bom casamento, cheio de horizonte, e vê se esquece aquele sujeitinho xucro, pangaré ordinário!

Luli revirou os olhos, mas não disse nada.

Na saída, descíamos os degraus do restaurante, quando mamãe começou a cair em câmera lenta:

— Acudam! Acudam! — dizia ela enquanto se esparramava. Nenhum de nós conseguiu segurá-la, nem o porteiro.

Que degrau disgramado!, xingava, pálida, ofegante, enquanto tentávamos levantá-la, menos Luli, que correu para pegar uma cadeira. Depois de muito esforço para colocá-la de pé, conseguimos sentá-la. Mamãe, pernas curtas, esticadas, dizia que tinha certeza de ter quebrado os pés, e que os joelhos estavam em petição de miséria, sem contar o abalo no peito.

— Ô desgraceira...

Papai exclamava, de minuto a minuto:

— Ô, José!

E Luli:

— Ô, mãezinha!

Resolvemos levá-la ao hospital. Fizemos sinal para um táxi, e, depois de muitos gemidos e nomes de santo, conseguimos colocá-la no banco da frente. Papai brincou que ela estava viajando de primeira classe, mas mamãe não queria conversa. Rezava baixinho.

Ao chegarmos à emergência do hospital, mamãe perguntou se não íamos ao posto de saúde. Expliquei que estávamos num bom hospital, e que ela podia ficar tranqüila. Nesse momento, trouxeram uma cadeira de rodas e a levaram para o setor de radiologia; enquanto a cadeira rodava, mamãe dizia que não podia acreditar no que estava acontecendo.

— Acredita, José! — dizia papai, acompanhando-a.

Me sentei em uma cadeira no corredor, aguardando o resultado das radiografias. Próximo de onde eu estava, havia um homem com a mão machucada. Assim que me sentei, ele sentou-se ao meu lado, elogiando minhas mãos, e perguntou se podia lê-las. Agradeci, mas disse que não precisava. Liguei para Eduardo.

— Quem é?

— Eu.

— O que aconteceu?

— Minha mãe caiu, estamos no hospital.

— Bebeu?

— Está tirando radiografia, ela acha que quebrou os pés.

— Devia freqüentar um curso de tombos, o estrago seria menor.

— Onde você está?

— Acabei de chegar no bar com meu amigo Lucho. Vou tentar negociar o piano. Depois vou pra casa.

Desligamos.

Depois de muita espera no corredor do hospital, papai andando de um lado ao outro se dizendo deveras preocupado, Luli, aluada, como diria mamãe, e eu tentando ler um texto para a próxima aula, chegou o resultado das radiografias:

— Fratura estável no dedão do pé esquerdo.

Fizemos, alternadamente, várias perguntas ao médico, e, em seguida, o gesseiro (assim o chamaram) imobilizou o pé de mamãe. Ela só poderia tirar a atadura passada uma semana.

— Ainda bem que não te puseram gesso, José! — disse papai.

— Como vou tomar banho? — perguntou ela.

Respondi que daríamos um jeito.

Voltamos a nos meter em um táxi, e mamãe tornou a viajar ao lado do motorista. De repente, no meio do caminho, ouvimos sua voz aflita:

— Onde está o mar? Onde está o mar do Rio de Janeiro? Onde está? — Virava a cabeça em todas as direções.

— Olha o alvoroço, bem... — disse papai.

— Está escuro agora, mãe, amanhã eu levo a senhora para ver o mar.

Chegamos em casa, e Eduardo não estava. Mamãe reclamava que os joelhos ardiam e os pés doíam, e que o moço (o médico) não tinha visto direito, mas era certo que o outro pé também estava destroncado. E tudo sem Mineirinho, reclamou. Me desculpei com ela, dizendo que no dia seguinte compraria. Amparando-se no braço de papai, mamãe saiu mancando em direção ao quarto, dizendo que seu coração descarrilhara. Papai tentava brincar:

— Ô, José, você vem ao Rio de Janeiro pra quebrar o pé?

— Quero conversa não, homem — resmungou.

Nesse instante, o telefone tocou. Era Eduardo.

— E aí, como foi o quebra-quebra?

Contei que mamãe tinha sofrido uma fratura estável. Rindo — Eduardo tinha bebido de novo —, ele disse que era a única coisa estável nela. Avisei que ia desligar, ele então contou que estava na casa do seu amigo Lucho, sujeito ímpar, probo, imáculo! Fora conhecer a mulher dele, e o filho, Rafael.

— Também se chama Raphael?

— Sem o ph. Por falar nisso, Bela, pensou na phoda?

Avisei de novo que ia desligar, e desliguei.

Dormi sem ver Eduardo chegar.

7

Acordei com o dia clareando, e a cama se mexendo. Eduardo chegava, e se arriava ao meu lado, dizendo que precisava me contar umas coisas. Cheirava a bebida, e estava com o rosto quase colado ao meu:

— Não diga nada, Bela. Estou impossibilitado de ouvir vozes, mesmo a sua. Seus pais continuam aqui? Balance apenas a cabeça para responder. Já entendi. Você é péssima em mímica, mas é ótima em tudo mais. — Começou a se despir, tirando a camisa abotoada pela cabeça. Continuou: — O que me vale é que intuo expressões. Sou um decifrador delas, mesmo quando não se materializam. Sabe que o Comendador desapareceu? Estou sem notícia. Esse tombo de sua mãe deve ter contribuído para o sumiço do nosso amigo. As pessoas funcionam assim, derrubando umas às outras. Um castelo de desumanos, Bela. — Os sapatos dele voaram pelo quarto, Eduardo nunca tem paciência de se descalçar. Ainda não tinha acabado: — Vou dormir, me acorde na hora do almoço. Antes, verifique minha fisionomia, veja se realmente está descansada, só então me chame. Estou liquidado, Bela. E o Engov, comprou? Balançando a cabeça, por favor. Esqueceu de novo. Quer que minha cabeça exploda, não é mesmo? Depois conto como foi a odisséia na casa do Lucho. Poucas vezes vi coisa igual, a não ser quando minha mãe brigava com o fantasma do meu pai. Um vendaval de desespero, até a criança estapeava os adultos, e o cachorro, veja você, cruzou as patas sobre a cabeça. Uma coisa louca. É mais velho que Raphael, o menino furioso. Estou exaurido, Bela. Diga ao Josimar que subi sentindo cheiro de queimado, que ele vá verificar, antes que morramos torrados. Bom dia, Bela. Até mais.

— Bela? Bela?... Tem alguém aí? Vem me acudir! Seu pai não acorda de jeito nenhum!

Corri até a porta do quarto deles.

— Mãe.

— Entra, filha. Estou entrevada. Virgem, como doem os pés, e os joelhos pinicam. Me arranca da cama, que eu estou apertada...

— Está tudo bem com papai?

— E por que não haveria de estar? Homem velho só pensa em dormir.

— Vem, mamãe, se apóia em mim.

— Minha Santa Rita de Cássia... Não me larga outra vez que eu tombo!

— Senta, mãe.

— A privada agüenta?

— Claro.

— Ai, meu São Judas...

— Pronto. Agora vamos levantar, pra senhora escovar os dentes.

— Que dentes?

— José?

— Papai acordou.

— Responde que estamos aqui, vai...

— Já estamos saindo do banheiro, pai!

— Devagar, Bela, santo Deus, vou morrer, parece que estou com os pés da velha Laurinda. Lembra dela? Da mulher que encontrávamos na Igreja das almas? Morreu e deixou os pés pra mim... Vida torta, meu Deus! Vai, agora deixa que eu me entendo com seu pai.

Depois que papai, mamãe e Luli saíram para passear, acompanhados de Elsa, madrinha de minha irmã, vi Eduardo passar para o banheiro. Tinha acordado, antes mesmo de eu chamá-lo. Apareceu na sala de cueca e camiseta, perguntando se minha família estava em casa. Respondi que foram ver o mar.

— Na nossa terra não tem mar.

— Sim.

— Só tem córrego.

— Não diga mais nada, Bela. Senta aqui, enquanto eu como alguma coisa, quero conversar com você. Antes preciso saber se você avisou o Josimar.

— De quê?

— Ora, Bela, do incêndio! Pela demora na resposta, esqueceu, então vamos morrer, e sua família será poupada. A não ser que tenham se afogado. Muito comum entre o pessoal do interior. Corre, Bela, vá avisar que deve haver fogo no prédio!

— Muito bem, agora deixa eu te contar o que aconteceu.

— Você já contou quando chegou.

— Aquilo foi um intróito, você não pode imaginar as coisas que aconteceram. Estou penalizado por causa do Lucho. Que vida, Bela. Como eu disse, fui à casa dele, conhecer a família. Antes, no bar, tomamos umas cervejas, ele então falou sobre a mulher e o filho — têm uns caras que adoram falar de família —, e disse que fazia questão de me apresentar a eles. Pois a primeira coisa que a mulher dele fez ao chegarmos foi cheirar a boca do Lucho, para em seguida chamá-lo de incurável. Aí foi um tal de aparecer gente de dentro dos quartos, xingando-o também de incurável, que você não calcula. Uma legião de demônios brotando da escuridão. E ele, coitado, com mãos desesperadas, tentava se justificar. O deleite da violência, Bela! E a mulher não parava de correr e gritar, sacudindo um pano de prato onde se lia "Lar doce lar". Instantes de grande intensidade, Bela, você há de convir! Pobre Lucho. Foi então que apareceu o menino; grandinho, viu? De botas ortopédicas, máscara e revólver na mão. Chegou perto do pai e chutou-lhe as canelas, depois disse que ia dar umas "coronadas" nele. Nem fala direito e já é violento. E o Lucho dizia "não faça assim, Rafinha!"

— Pronto, Eduardo.

— Calma, Bela, ainda não acabei... Diante da situação, não tivemos outro recurso senão darmos uma saída. Voltamos ao bar. Sabe qual a primeira frase que Lucho disse assim que se sentou? *Estoy bastante desilusionado de la vida!* Você pode não ter entendido, Bela, mas é triste. Passado algum tempo, em que quase tinha resolvido a situação do piano, sim, porque eu estava disposto a fazer negócio, retornamos, e a cena se repetiu com mais intensidade, e com mais gritos de "incurável!". Decibéis de grossura, Bela! Situação insustentável! Lucho então sussurrou no meu ouvido que seria melhor irmos para a casa de sua amiga Esmeralda. Ninguém é obrigado ao impossível. Batemos na casa dela. A mulher abriu a porta e se dependurou no Lucho, e assim ficou durante um tempo, rindo, apertando-o, mas estávamos tão cansados que não conseguíamos entender o que ela dizia. Lucho disse que ela também era amiga de uma "braminha". Desacordamos no chão de Esmeralda. No dia seguinte, ou no que eu supunha ser o dia seguinte, acordei sem enxergar. Nem o Lucho eu conseguia reconhecer. Comecei a chamar pelo seu nome, e a Esmeralda agradecia. Já te aconteceu de acordar com olhos enevoados? É possível que tenham se rachado meus cristalinos, Bela?

Esmeralda oferecia uma bandeja para nós com café, e me pareceu ver os seios dela na bandeja, ofertados também, não sei, não enxergava direito. Névoa instalada. Boa moça, a Esmeralda. Na verdade, uma senhora moça. Contou, rindo e cantando, que tinha quebrado as pernas várias vezes; na verdade, queria mostrá-las. Eu disse que estávamos com pressa, estou farto de mulher quebrada. Agora você vê, Bela, um sujeito como Lucho, trabalhador, talentoso, que deu uma guinada na vida para propiciar uma situação mais confortável pra família, ser tratado desse jeito... e tudo, veja, por causa de umas cervejinhas... Não levanta já não, Bela... escuta...

— Chega, Eduardo, está na minha hora.

— Passo situações tão difíceis, e você não se interessa...

Pouco depois de eu chegar em casa das aulas, papai, mamãe e Luli voltaram do passeio.

— Estamos todos lambrecados, menos o pé estropiado, que seu pai embrulhou no jornal — dizia mamãe, apontando para as pernas e para o pé. — Tanto mar, minha filha, tanto mar....

Estavam felizes e cansados. Mamãe continuou a falar:

— Vocês não ligam, Bela, que é por causa que moram aqui, mas sua irmã ficou bobona com aquela água toda. Gritava e pulava que nem perereca no córrego. Seu pai calou, acho que o olho dele não deu conta de tanta água.

Seguiram os três para o banheiro. Ouvi a voz de papai:

— As Dama primeiro!

Eduardo passou por mim dizendo que poria a gravata no corredor.

Nessa noite, em que não estivemos juntos durante o dia, e já estávamos deitados, a não ser pelo estalo de vez em quando das garrafas de água mineral na cozinha (Eduardo não bebe outra água), e do ronco do Eduardo, a casa estava em completo silêncio, quando ouvi de repente:

— Acorda, Bela!

Pulei da cama, mas Eduardo já não estava no quarto. Corri até a sala, e lá encontrei papai, mamãe, Luli e Dulce, que só acorda com Raphael. Todos de pé, descabelados e assustados. Mamãe perguntou o que estava acontecendo. Eduardo contou que ele estava morrendo. E que eu sabia como era. Ela, dizendo que não podia se abaixar, fez o sinal-da-cruz e mandou que Suely se ajoelhasse e rezasse por ela. Minha irmã já tinha voltado a dormir, recostada na parede. Mamãe puxou-a e mandou que ela obedecesse. E Luli caiu de joelhos no chão, gemendo em seguida. Papai, olhos arregalados, perguntou se não era o caso de chamarmos o médico. Melhor dar arnica, disse mamãe. Deixa Bela fazer conforme ela achar melhor, José, aparteou papai. Eduardo andava em todas as direções, com a mão no peito, fazendo careta. De repente, parou na minha frente e perguntou quem era José. Respondi que explicaria depois. Mamãe rezava alto, com o terço na mão, dizendo que o importante era a prece para as almas, de São Judas Tadeu e de Santa Rita de Cássia. Papai dizia que aquilo era excesso de trabalho; mata qualquer um! Dulce, saindo, disse que ia ficar com Raphael, que podia acordar. Ao sair, o cachorro passou pelo meio de suas pernas e entrou na sala. Eduardo avisou que, se não o retirassem imediatamente, era capaz de morrer mais rápido.

— Xô, bicho, xô! — enxotou-o mamãe com um jornal; voltando-se para Luli, perguntou: — Por que está tão longínqua, menina? — e se abanou com o jornal que usara para enxotar o cachorro.

— Já posso levantar?

— Levanta, vai!

Nesse momento, avisei a Eduardo que eu ia me vestir para levá-lo ao hospital.

— Não! — gritou ele, e todos estremeceram.

Mamãe disse que nunca tinha pensado vir de tão longe para ver seu genro nas últimas. Eduardo reclamou do vozerio geral. Pedi silêncio, e, pouco a pouco, ele foi se acalmando e adormeceu no sofá. Mamãe quis acender uma vela ao lado dele, mas eu não deixei, e papai foi ao quarto deles e voltou com a colcha de chenile e cobriu Eduardo. Os olhos de mamãe acompanharam a colcha migrando para o sofá, mas ela nada disse. Luli se levantou queixando-se dos joelhos e perguntando se Eduardo ia morrer no dia do aniversário do Raphael.

— Vira essa boca pra lá, Suely! — disse mamãe, e deu um safanão em minha irmã.

Em seguida, papai e mamãe foram para o quarto, e minha irmã, dizendo-se com sono, também foi para o dela. Assim que eles saíram, escutei a voz do Eduardo:

— Vem me socorrer, Bela, estou muito mal...

— Não estava dormindo?

— Estava esperando a debandada.

— O que você tem?

— Palavra de honra, a única coisa que faria passar o que estou sentindo seria a visita do Comendador. Mas eu não sei se ele estranhou a casa cheia, o alarido, o tombo, enfim, tantos percalços, que se escafedeu. Quantas contemporaneidades, não é, Bela? E quando ele some, não há quem o localize, você sabe. Eu não quero fazê-lo vir à força, a toque de caixa, você me entende, acho que essas coisas devem brotar espontaneamente, concorda?

Balancei a cabeça, depois disse que estava cansada, beijei-o, e fui me deitar. Deixei a luz do abajur acesa, para o caso de ele acordar. Apesar de Eduardo preferir o escuro.

Cedo, nos encontramos outra vez na sala, para ver como ele estava. Assim que Eduardo notou nossa presença, levantou-se de um pulo, dizendo-se atrasado. Ficamos parados, nos olhando, quando ele reapareceu:

— Já que estão todos aqui, alguém sabe dizer onde está meu pente?

— Não, meu filho, eu me penteio com o pretinho de bolso, quer ver? — disse papai.

— Eu só me penteio com escova — disse mamãe.

Luli, ainda com sono, murmurou que não se penteava.

— Mistério! — exclamou Eduardo.

— É o mistério que nos salva! — disse mamãe, e acrescentou: — Podemos aproveitar que estamos reunidos e rezar o rosário, intercalando alguns cânticos de louvor a Maria Santíssima, pedindo a ela, mãe misericordiosa, que cuide daqueles que passam aflição.

Olhamos em volta e não havia sinal de Eduardo. Eu disse que ele devia ter ido para o trabalho. Acho que deve ter usado a porta dos fundos.

Depois do almoço, Raphael dormia, papai lia jornal na poltrona da sala, mamãe e eu enrolávamos brigadeiro, quando, com a boca cheia de chocolate, ela perguntou se Eduardo tinha dado notícia. Eu disse que ele só ligava quando passava mal. E quando isso acontecia, ele não queria ir ao médico. Mamãe disse que não precisava, porque Nossa Senhora derramara graças incontáveis sobre a nossa família, e, lambendo os dedos, levantou-se para ir ao banheiro. Enquanto se levantava, perguntei se estava melhor do pé e dos joelhos. Havia entregado todos eles a Maria Santíssima, respondeu. Passando pelo corredor, ouvi sua voz:

— Que mal pergunte, por que está no telefone? É por causa do pangaré ordinário?

Luli devia estar falando com o namorado.
— Desliga isso, menina sem juízo! Só me faltava essa!
Luli passou por nós e se trancou no quarto.

Me lembrei que nessa noite o Botafogo jogava. Quando acontecia de o Botafogo jogar, Eduardo se trancava no quarto, porque não queria que ninguém assistisse sua relação com o "Glorioso", como ele o chama. Único clube tetracampeão carioca, não se cansa de repetir. É a única relação, diz ele, que compete com a nossa e com a que ele tem com Raphael. Ama o Botafogo do fundo do seu coração solitário, é o que diz. E não permite que ninguém fale mal do seu time.

À tarde, papai lembrou-se do jogo, lembrando-se também que Eduardo era botafoguense. Tive que alertá-lo para o fato de Eduardo não gostar de assistir ao jogo acompanhado, preferir sofrer sozinho, trancado no quarto, e só abrir a porta no apito final. Esperava que ele, papai, compreendesse. Papai disse que torcedor era assim mesmo.

À noite, festa do Raphael adiantada — o bolo, um campo de futebol com os jogadores do Botafogo fazendo gol —, Eduardo entrou correndo em casa, mal falando com as pessoas; expliquei que ele tinha chegado daquela maneira por causa do jogo.

— Bela, a camisa com que assisti ao último jogo, você não lavou, não é, Belinha? Hoje só janto e me encontro com o Comendador — caso ele tenha retornado, porque, dadas as circunstâncias, ele não tem podido dar o ar do seu garbo... — depois do jogo! Tudo será feito depois da vitória do Botafogo!

— Comendador? — perguntou papai.

Mamãe, estufando o peito, disse que éramos amigos de Comendador.

8

Entrei no quarto atrás do alicate de unha que mamãe havia pedido e encontrei Eduardo com os olhos cheios d'água.

— O que foi? Está se sentindo mal outra vez?

Ele deu dois passos na minha direção e despencou em cima de mim, me abraçando.

— Raphael disse "papai" — contou, e ficou em silêncio, com o corpo colado ao meu. Tive vontade de beijá-lo, mas ele apertou o abraço. — Não me lembro do meu pai, Bela, mas lembro de uma voz de homem que dizia campeão. Devia ser a dele, não é?

— Claro que era a dele.

— Sai, José, não vê que eles estão se abraçando?

Era a voz do meu pai na porta.

Desse dia em diante, de vez em quando eu chamava Eduardo de campeão. Agora eram dois "campeões" dentro de casa.

Saímos do quarto. Acompanhei Eduardo até a porta e me despedi dele, avisando que tinha marcado para cantar parabéns às quatro horas. Esperava que ele chegasse antes disso. Ele daria uma chegada na delegacia e voltaria em seguida, disse, apressado, já no corredor; e antes que pegasse o elevador, me lembrei de perguntar como faríamos com o cachorro.

— Amordace-o!

— Mas ele não faz nada...

— A insânia tem cara de *pitbull*, Bela, não estou a fim de ser apedrejado!

Entrei em casa direto para a cozinha, que estava cheia de gente — as pessoas da firma que eu contratara para a festa já haviam chegado —, e pus a focinheira no cachorro.

Os garçons preparavam os salgadinhos. Os doces chegariam prontos, e o bolo já ocupava o centro da mesa. Papai e mamãe entravam e saíam a todo momento da cozinha, de boca cheia, e um dizia para que o outro aproveitasse, no dia seguinte estariam longe, de volta à terrinha.

Raphael estava no quarto com Dulce, com ar-refrigerado ligado (fazia muito calor), brincando no chão com o trem elétrico, presente do pai. Luli enchia as bolas de gás coloridas, entre uma e outra, chutava as que já estavam cheias. Eu punha a mesa do aniversário sob os olhares e palpites de mamãe. Papai, depois de rodear a mesa com as mãos para trás, examinando de perto cada detalhe do bolo, sorriu, e foi para o quarto do Raphael. O telefone, volta e meia, tocava. O grupo de teatro de bonecos que eu havia contratado confirmando a hora, as professoras de inglês, minhas colegas, avisando que chegariam atrasadas, Ramón, amigo de Eduardo, dando parabéns, e Sandoval, também amigo de Eduardo, que vinha com a mulher e a filha, perguntando se podia trazer os sobrinhos.

Mesa posta, bolas penduradas, sala arrumada, Eduardo entrou em casa encurvado, com a mão na barriga, queixando-se de gases.

— Faço o quê, Bela?

— Toma um luftal.

— Pega pra mim...

— Vou ajudar Dulce a vestir Raphael.

— Sempre relegado ao último plano.

Eu havia comprado uma roupa bonita para Raphael, que já dava uns passinhos. Ficaria melhor sem o uso das fraldas, mas ainda não dava para arriscar deixá-lo sem elas.

Deixei meu filho lindo, cheiroso, beijado e abraçado, e entrei no banho, ouvindo mamãe reclamar que estava um caco, com aquela perna paralítica. Bobagem, José!, dizia papai, e ela se queixava mais ainda. No meio do banho, escutei a campanhia. Quem chegava àquela hora?

Ouvi a voz do Eduardo:

— Bela!

Mandei que entrasse, a porta estava destrancada.

— Quem tocou a campainha? — perguntei.

— Uma velha. Sabe o que aconteceu quando ela me cumprimentou? Caiu um reboco da cara ela. Que merda era aquela, Bela!?

— O que é isso, Eduardo... Deve ser a Elsa. Ela se pinta muito, e a maquiagem deve ter endurecido... Que bom que ela chegou cedo, assim faz companhia pra mamãe.

— Que nojo...

— Vai se arrumar, Eduardo, daqui a pouco as pessoas estão chegando...

— Olha a frente! — Ele saiu do banheiro falando alto.

Às quatro horas em ponto, a sala se encheu, todos os convidados já tinham chegado. Falavam ao mesmo tempo, querendo cumprimentar Raphael, que estava no colo do pai.

— Fala, campeão! — disse Eduardo, sorrindo para o filho, enquanto Raphael dava pulos no colo dele, se sacudindo. — Como é que se cumprimenta?... Hein? Fala, rapaz!...

— Caralo — disse Raphael, e Eduardo soltou uma gargalhada, jogando-o para o alto e dizendo que o filho era do cacete!

Papai e mamãe se entreolharam. Luli riu, tapando a boca. Olha a saliência!, disse mamãe, e deu um beliscão na coxa de minha irmã, que gemeu e jogou a revistinha que estava lendo no colo de mamãe. Sandoval, bem em frente aos dois, sorria, e a mulher dele, segurando a filha, fechou a cara. Os sobrinhos, distraídos, tentavam puxar os pés do Raphael. Afastei as mãozinhas deles. Os outros amigos não escutaram o que meu filho disse, mas Dulce, ao longe, endureceu ainda mais os olhos.

Atrás do Sandoval, o Lucho, a mulher e o filho Rafael. A criança chutava o ar com as botas ortopédicas.

— Rafael e Raphael! — Lucho apresentou os meninos e foi abraçar Eduardo, que pôs um dos braços na frente das pernas do garoto, impedindo-o de movimentá-las. A criança gritou em seguida, e continuou gritando.

— Por que esse menino garrou de gritar? — perguntou mamãe.

— Não é nosso neto, José — respondeu papai.

A mãe do garoto, pegando-o do colo do pai, saiu porta afora. Fui atrás dela, perguntando se precisava de ajuda. Seu filho não podia ver muita gente, explicou, e continuou a caminhar. Ficava nervoso. Era assim desde bebê. Dentro de pouco tempo se acalmaria, e se afastou com o menino no colo.

Quando voltei à sala, Lucho contava para uma platéia atenta que o filho fora maltratado no berçário.

— No berçário? — perguntou mamãe, e, vendo passar o garçom com as bebidas, pegou um copo de cerveja e bebeu uns goles.

— José! — gritou papai, alto.

E você não meteu uma ação neles?, perguntou Eduardo a Sandoval, socando o ar. Soubemos muito depois, respondeu Lucho. As pessoas pararam de conversar para ouvir a história. Enquanto Lucho contava, e sua mulher passeava com a criança no corredor, Eduardo havia posto Raphael no chão. Ele dava dois passos e caía, e assim ia, percorrendo a sala, catando o que encontrava pela frente para pôr na boca, e Dulce atrás dele, impedindo-o.

Os garçons circulavam com as bandejas de bebidas e de salgadinhos. Mamãe anunciava para Elsa os que havia provado. Eduardo pegou um copo de cerveja. Muitos outros se seguiram a este. As pessoas engoliam os salgadinhos sem querer perder as palavras do Lucho, que contava história atrás de história de maus-tratos, mas já havia saído do berçário. Em uma delas, lembrou-se que, quando pequeno, uma babá roía as unhas do pé dele. Passado algum tempo, a mulher do Lucho voltou para a sala com o filho no colo, dormindo. Mamãe comentou baixo com Elsa que seria melhor descalçarem o menino. Nesse momento, surgiu o Malaquias. Eduardo pulou da cadeira, deixando cair metade do copo de cerveja no tapete, quando viu estampar a figura comprida e magra do amigo no vão da porta.

— Olha quem chegou, Bela! Olha, Raphael!

Raphael, sentado no chão, todo besuntado de brigadeiro, com a camisa para fora da calça, sem sapatos, tentava arrancar um brinquedo da mão de um dos sobrinhos do Lucho, que, com dentes trincados, não deixava. Assim que nos cumprimentamos, Malaquias e eu, Eduardo se lembrou do pedido:

— Bela, logo que seja possível, vamos conversar com Malaquias sobre aquele assunto, aquele... lembra? Dos finalmente...

— Claro, meu bem!

— O que aconteceu, Bela? — sussurrou Eduardo no meu ouvido. — Bebeu?

— Provei uma caipirinha.

Malaquias não perguntou do que se tratava, mas estava com olhos maiores. Eduardo também estava com olhos mais abertos. Em seguida, ele foi de um a um, apresentando o grande Malaquias, como ele o chama. Papai e mamãe se cutucaram. Depois, papai se aproximou do meu ouvido para perguntar quem era aquele senhor. Um funcionário antigo da delegacia, respondi. Papai saiu do meu lado e repetiu no ouvido de mamãe o que acabara de escutar. Eduardo abraçava e sacudia o Malaquias, que dizia que não podia demorar, viera só para dar um abraço. Nesse instante, Eduardo levantou Raphael do chão e o pôs no colo do amigo. Raphael chorou instantaneamente. Dulce já estava diante dele de braços estendidos. Apesar da insistência do Eduardo, Malaquias não comeu nem bebeu, e disse que não podia se demorar, porque seria capaz de não encontrar a mulher. Ela não suportava atrasos; desaparecia. Desejou felicidades para o nosso rebento, assim se expressou, bateu continência, e, antes que se retirasse, Eduardo o segurou pelo braço e pediu a atenção dos presentes. Elevando o tom de voz, contou que Malaquias assistira à chegada do homem na Lua. Os convidados ouviram atentos, mas nada disseram; Eduardo então acompanhou o amigo até a porta, e, quando voltou, seus olhos estavam cheios d'água.

Foi direto para o banheiro. Passado algum tempo, as pessoas começaram a perguntar por ele; fui até lá e bati na porta, dizendo que era eu.

— O que é, Bela? Não posso cagar sossegado? Não vê que eu estou com problema?

— Psst, Eduardo, as pessoas estão escutando...

— Vai, Bela, daqui a pouco eu saio.

Assim que reapareci, os convidados voltaram a conversar. Mamãe dizia baixo para Elsa que seu genro era um homem muito bom, mas muito bom mesmo. Em uma noite lá, havia quase morrido, mas já tinha passado. E quem não acha que vai morrer? Você não acha que vai morrer, Elsa? Que vai ficar cega? Ter um derrame? Que cada dia é o derradeiro? E não é para pensar nessas coisas? Não tem um dia sem uma ziquizira... Elsa balançava a cabeça, concordando. Depois, mamãe perguntou à amiga se ela não ia se servir. Um garçom estendia uma bandeja de doces na frente delas. Elsa respondeu que tudo era perigoso. Havia visto na televisão uma mulher comer um quindim e se tornar obesa. Enquanto isso, Luli, sentada perto das minhas colegas, contava que, lá onde morava, ela fazia xixi em pé. Levantou-se para fazer a exibição. Difícil era se sacudir depois, disse. Mamãe dana a falar que eu sou cismada de não ter peru, vê se pode! Luli terminou de falar rindo. As moças riram também, e mamãe, apesar de ter espichado a orelha, não conseguiu escutar o que minha irmã dizia. Fui me sentar perto delas. Logo que me aproximei, elas comentaram que minha irmã era muito divertida, e, nesse momento, fomos interrompidas pelo grupo de teatro que chegava; fui ao encontro deles.

Raphael tinha dormido no colo de Dulce, que o havia posto na cama. Pedi que o acordasse, e fui bater de novo na porta do banheiro:

— O teatrinho vai começar, Eduardo!

— Quê?...

— O teatrinho que contratamos pra festa.

Ele abriu uma fresta, pedindo que eu entrasse só um minuto, acabara de fazer uma descoberta alarmante. Queria que eu fosse pegar os óculos. Mamãe, atrás de mim, pensou que ele fosse sair do banheiro; quando viu que ele não sairia, deu meia-volta, dizendo que usaria o banheiro da empregada. Eduardo, calças arriadas, segurava a porta:

— O que você quer? — perguntei.

— Você não sabe o que aconteceu...

— Diz, as pessoas estão na sala esperando...

— Apareceram brotoejas na cabeça do Comendador. Quer dizer, acho que são... Quer ver?

— Não precisa, passa pasta d'água.

— Dá só uma olhadinha... O que te custa, Bela?

— Estamos dando uma festa, Eduardo, mais tarde eu vejo.

— Essa pasta dói? Arde?

— Raphael nunca reclamou.

— Obrigado, Belinha. Nosso Senhor agradece. Não comente nada com o pessoal do interior.

— Vamos, Eduardo, o teatro vai começar, vem...

— Vai indo.

Dulce trouxe Raphael ainda dormindo no colo. Peguei-o, mas Eduardo, aparecendo pouco depois, quis que o filho ficasse com ele. Passei-o para o colo do pai, e Raphael chorou, querendo meu colo de volta. Enquanto isso, o grupo de teatro de marionetes montava o teatrinho. O palhaço tentou falar com Raphael, que, ainda com sono, virou o rosto; ele então foi brincar com as outras crianças. De repente, escutamos a voz de Elsa, perguntando se não iam chamar o cachorro, que eles também acompanham teatro, alguns até riem.

— O cachorro não está disponível. — Ouviu-se a voz de Eduardo.

Elsa e mamãe sacudiram os ombros. Nesse momento, o palhaço cumprimentou a platéia:

— Distinto público, boa tarde! Boa tarde, criançada!

— Boa tarde! — repetiram as crianças.

— Boa tarde, Raphael!

Foi então que ouvimos gritos. Olhamos ao redor, o filho do Lucho voltara à sala no colo da mãe. Ela se levantou instantaneamente e saiu porta afora com o menino para o corredor, enquanto o pai dizia: "o palhaço é bonzinho, Rafinha!" O palhaço então continuou:

— Palmas para o aniversariante! Palmas para o pai do aniversariante! Palmas!

Eduardo puxou a manga do meu vestido e falou dentro do meu ouvido que não gostava de palhaço, muito menos de palhaço veado.

— Palmas para a mãe do aniversariante!

Continuamos todos a aplaudir até a história começar.

No final da festa, Eduardo dizia para Raphael, enquanto ele deixava escorrer o xixi pelas pernas:

— *Quidquiq delirant reges. Plectuntur Achivi. Quandoque bonus dormitat Homerus. Errar humanum est.*

Dulce apareceu andando depressa, puxando a saia pra baixo, dizendo que estava no banheiro.

— O mijo está solto na casa! — disse Eduardo, se levantando e trocando as pernas. — Vá verificar o cachorro, Bela!

Pouco depois, Raphael já havia dormido com os jogadores do bolo de aniversário amassados entre os dedos; eu estava cansada e precisaria acordar cedo na manhã seguinte para levar meus pais ao aeroporto, eles estavam nervosos com a primeira viagem de avião que fariam. (Eduardo dera as passagens.) Antes de dormir, fui à cozinha retirar a focinheira do cachorro. Depois de lavar as mãos — Eduardo diz que o cachorro fede, de fato ele tem um cheiro ruim, apesar dos banhos —, entrei no quarto e encontrei Eduardo estirado na cama, com o travesseiro tapando o rosto; logo que sentiu minha presença, levantou a ponta do travesseiro, dizendo que tinha queimado o dedo na vela do bolo.

— O que você passou?

— O que era pra passar?

— Estou tão cansada que não consigo raciocinar...

— Não é necessário. Antes que você durma com a rapidez dos esquilos, Bela, preciso te dizer duas coisas: a primeira é que a pasta d'água é milagreira, e a outra é o fato de eu ter esquecido completamente como é a sua genitália. Ouviu?

— Ouvi.

— É proeminente ou é inclusa?

— Dorme, Eduardo.

9

Cheguei do aeroporto ainda com sono, cansada da véspera, e encontrei Eduardo lendo jornal enquanto tomava café.

— Embarcaram? Tem certeza?...

Dei bom-dia, beijei-o e passei direto para o quarto.

— Chateada, *amore mio?*

— Vou deitar, estou com sono, pede pra Dulce me chamar daqui a uma hora.

— Que beleza a casa voltar a ser só nossa, hein, Bela? Estou tomando café de cueca, eu e o Comendador — *The King and I* —, que está ficando todo respingado...

Ainda o escutei dizer que eu não respondia porque só conversava com a minha família, e como ele não pertencia ao clã, estava destinado ao silêncio. E eu só pensava em me deitar, descansar, dormir. Ouvi a vozinha do Raphael, e, ao escutar a voz de Dulce também, apaguei.

Acordei, e Eduardo não estava. Havia um bilhete debaixo da minha xícara. "Lamento não ser um dos seus. Um Pereira."

Fui ver meu filho de um ano. De agora em diante, quando as pessoas me perguntassem a idade do meu filho, eu tinha um ano para responder.

Raphael ficou todo feliz quando entrei no seu quarto e perguntei quem era o querido da mamãe. Estava de pé na cama, sacudindo a grade, se abaixando e levantando, como se estivesse marchando — doido para que o tirassem dali. Foi o que fiz, cheirando seu cangote, beijando suas bochechas e abraçando-o. Nesse momento, o telefone tocou. Fui atendê-lo com ele no colo, e ouvi a voz de mamãe do outro lado avisando que tinham chegado, e que nunca pensou que avião voasse tão rápido. Seus ouvidos estouraram várias vezes durante a viagem, contava, e papai não ouvira a barulheira dos dele porque já estava surdo. Enquanto ela falava, Raphael tentava morder o bocal do telefone, apesar das minhas tentativas de afastá-lo. Mamãe dizia que minha irmã não tinha gostado da viagem — apesar de ter lanchado duas vezes —, que viajara arriada em cima dela, e a todo momento era preciso mandar que Suely desencostasse. Dulce apareceu, e, felizmente, levou Raphael do meu colo. E eles gostaram muito do Rio, mamãe continuava, e do aniversário do Raphael, e que só não tinha gostado daquela infelicidade imediata de ter partido a canela. Nos despedimos, e quando eu saí do telefone, senti a casa vazia. Fui me vestir para trabalhar. A cada dia gostava mais de nadar e menos de dar aula de inglês, achava que ia acabar sendo professora de natação. Naquela manhã, ainda bem que eu não havia trocado de profissão, porque tinha acordado resfriada.

Antes de eu sair, Dulce avisou que o cachorro estava com pulgas. Quando eu chegasse do trabalho, tomaria providências, prometi, e Raphael ficou rindo no colo de Dulce como se tivéssemos brincado com ele. Não existe menino mais risonho do que o meu filho! Quando Eduardo dança então... me lembrei que fazia tempo que ele não dançava.

À tarde, Eduardo entrou apressado em casa e me viu sentada no chão da área, com a cabeça do cachorro no colo, catando suas pulgas.

— Que horror! — disse, e seguiu para o quarto, avisando que precisava ir a São Paulo prestar colaboração a um colega. Larguei o cachorro e fui para o quarto atrás dele.

Logo que entrei, ele perguntou:

— Está vazando?

— Amanheci assim.

— Vê se consegue ficar um pouco fora d'água...

E começou a jogar roupas dentro da mala, afobado, dizendo que estaria de volta dentro de dois dias; assim que chegasse lá, telefonaria. Experimentando um casaco, perguntou se ainda estava bom. Concordei, balançando a cabeça. Eduardo é bonito, fica mais bonito ainda quando usa paletó. Tentei abraçá-lo, mas ele pediu que eu não me aproximasse dele com gripe e com mãos caninas. Deixasse para a volta. E antes mesmo que eu tivesse tempo de passar álcool nas mãos, ele saiu, andando depressa, falando alto:

— Tchau, campeão! Cuide de sua mãe! — E já no corredor do prédio, gritou: — Tchau, Bela! — E foi embora.

À noite, o telefone me acordou. Era ele, dizendo que só tinha podido ligar naquela hora. Perguntou se estávamos bem, e disse que tinha trabalhado muito e estava exaurido. Mandou um beijo para mim e outro para Raphael; eu ainda queria contar algumas coisas, mas ele continuava apressado.

Sonhei que estávamos num aeroporto que ao mesmo tempo era o Corpo de Bombeiros — onde nunca estive. Eduardo corria em todas as direções, subia e descia por rampas, escadas e cordas, tocava cornetas, aparecia em todos os lugares e de vez em quando passava por mim, parava na minha frente, me sacudia, e continuava, desabalado. Acordei cansada.

Na semana seguinte, eu faria trinta anos. Só tive Raphael aos vinte e nove anos. Custei a engravidar. Ficamos dois anos casados sem filhos. Passei por muitas situações esquisitas, sexualmente falando. A cada vez que fazíamos amor, Eduardo achava que estava fazendo o filho dele, então me punha em posições complicadas e falava o tempo todo, numa sofreguidão desesperada. Já naquela época, chamava Raphael de campeão. Vem, campeão!, gritava. Vem, rapaz! Precisamos ganhar o jogo! No dia seguinte, perguntava se eu estava grávida. Ele tinha certeza de que sim. Um ano depois de casados, consultamos um médico, e não paramos mais de freqüentar ginecologistas. Eduardo fazia espermograma atrás de espermograma. Dizia que deixava os laboratórios cheios de campeões, e aí, chorava. Chorava à noite, dizendo que todos tinham filho, menos ele. Qualquer bosta tinha filho. Era só se postar na saída do Maracanã e perguntar. Botam filho pelo ladrão. Já suspeitara que a infelicidade se abateria sobre ele com toda a sua truculência. Encontrara o momento certo de atingi-lo — na plenitude de sua natureza viril! É o destino, Bela, quando mira num cara, não há quem o salve!, dizia.

Passado o tempo do desespero noturno, Eduardo concluiu que o problema era meu. Que eu não engravidava porque não sabia relaxar, e não adiantava eu dizer o contrário. Que eu estava sempre do mesmo jeito, nem relaxada nem tensa, aliás, que eu era uma pessoa sem nuances. Passamos então a fazer amor ouvindo um CD de música tibetana, da melhor qualidade, na opinião dele. Perfeita para a ocasião, continuou. Durante esse período, Eduardo achou que era necessário provocar em mim um alheamento do mundo exterior, então punha um travesseiro no meu rosto, porque só assim eu me transportaria e alcançaria o relaxamento desejado, segundo ele. É uma manobra complicada, Bela, conseguir que você faça um relax!, dizia. Mas essa invenção também não surtiu efeito, além da dificuldade para respirar em algumas noites. Um dia, cansada de tantas inovações, comentei que existiam casais sem filhos, talvez nós fôssemos um deles. Na minha família, uma tia-avó não tivera filhos com o marido, e nem por isso foram infelizes. Ficaram casados durante toda a vida. Eduardo ficou tão desesperado, gritou tanto, dizendo que não queria saber daquele casal de merda que não sabia trepar, que eu peguei a bolsa e fui para a rua. Dei voltas no quarteirão, não me lembro quantas, sei que quando voltei ele já não estava em casa.

No dia seguinte, Eduardo não telefonou de São Paulo. À noite, resolvi ligar para o seu celular. Ele atendeu com voz de locutor, depois consertou. De vez em quando recorre a esse expediente (como ele gosta de dizer), quando não reconhece a voz. Perguntei por que não tinha ligado. Me interpelando, Bela?, reagiu. Estava cheio de trabalho, o que eu queria que ele fizesse? Um chefe de família cumpre com as obrigações, e nossas contas eram altas, tínhamos um bom padrão de vida, não nos faltava nada, e ele era o mantenedor, OK? OK, respondi. Precisava manter boas relações de trabalho.

— Não pensa nessas coisas, não é, Bela?... não pensa! Você acha que foi fácil fazer a descoberta da profissão adequada e permanecer em equilíbrio?

Perguntei então a que horas ele chegaria no dia seguinte. Impossível calcular, respondeu, havia ainda mais um encontro com seu colega, um sujeito ocupadíssimo que trabalhava em uma delegacia mais movimentada ainda do que a dele.

— É isso, dona Bela. Algo mais?

Perguntei por que estava falando comigo daquele jeito, ele então disse que guardaria a discussão para o recesso do nosso lar. E desligou. Estranhei meu marido.

De manhã, senti falta de sua falação no banheiro enquanto fazia a barba: "Merda em pó!". Nem sei quantas vezes repetia essa frase. Dizia que estava empostando a voz. Precisava chegar preparado na delegacia. Em primeiro lugar, um homem demonstra potência vocal, dizia, para depois exibir as demais. Dulce, quando o escutava, revirava os olhos, e Raphael já falava "pó".

Eu chegava da natação com Raphael e Dulce, quando tive a surpresa de encontrar Eduardo. Assim que ele me viu, disse que estava dando uma ligeira passada em casa porque teria que pegar o avião no final da tarde para Porto Alegre, atender a outra solicitação. Um colega estava tendo dificuldade para solucionar um caso difícil, um homicídio sem provas aparentes e concretas; a situação era trabalhosa, porque envolvia um sujeito influente, que se encontrava foragido, contava, enquanto tirava roupas da mala e as jogava no chão, substituindo-as por outras que ia pegando de dentro do armário. Eu estava sentada na nossa cama, assistindo ao movimento que ele fazia. E Eduardo, com gestos rápidos, saindo mais uma vez de casa. Comentei que estava estranhando seu jeito, que ele estava diferente.

— Você não tem amigas, Bela?

— Lá onde eu morava, tinha a Rose...

— E aqui?

— Aqui, eu conheço as professoras do curso.

— E como se chamam?

— Por que está perguntando essas coisas?

— Em primeiro lugar, porque estou sem assunto, depois, porque me interesso pelo seu desempenho social, que já vi que é próximo de zero. Agora vou bater um papinho com o campeão.

Raphael gritou e bateu palmas quando viu o pai.

— E aí, rapaz, como vão as coisas? — Eduardo pegou Raphael do colo de Dulce. — Tudo bem pro seu lado? Continua cagando direitinho?

— Não fala assim com ele...

— É o que ele faz de melhor, não é, campeão?

Raphael estava com as mãos grudadas nas bochechas do pai. Babava de alegria. Nesse momento, o cachorro entrou na sala.

— Alguém pode retirar o animal pestilento? — disse Eduardo, afastando-se do cachorro.

Raphael abraçou-se com Eduardo.

— Agora dá um beijo no pai, que ele vai sair pra prender bandido. Continua tomando conta de sua mãe, ouviu? Sempre rindo, não é, campeão? Vida boa, hein, rapaz...

Raphael chorou quando Eduardo o entregou nas mãos de Dulce. Ficou de braços estendidos, dizendo papá.

Eduardo me deu um beijinho, e disse que não sabia quando voltaria. Mas não devia demorar. Telefonaria.

Estava quase certa da gravidez, mas ainda não queria contar porque não sabia qual seria a reação de Eduardo.

Podia ter uma daquelas suas alegrias descontroladas, e o bebê não resistir. Fiz exame de sangue e deu positivo. Chorei, lendo o resultado. Parecia que eu já via no papel a carinha do Raphael. A atendente, percebendo, ficou com os olhos brilhantes. Saí do laboratório e fui caminhando, entrei em lojas de artigos para bebês, comprei roupas, sapatinhos e uma manta. Depois fui a uma loja de doces e satisfiz todas as vontades do Raphael. Nesse dia, nem consegui jantar. À noite, tivemos uma trepada forte, com muita movimentação, xingamentos e puxões de cabelo. Nem sei como Raphael não descolou de onde estava. Ao terminar, catei fios de cabelo espalhados pela cama. Sabia que eram meus, os de Eduardo são pretos. Nessa mesma noite, ele pediu que eu o poupasse, ou eu dizia trepada, ou não dizia nada.

— Amor é besteira, Bela, o que se faz é sexo. Pena você ter passado tanto tempo no Alabama.

Nos dias que se seguiram, eu continuei guardando segredo, esperando meu filho se firmar, se fortalecer dentro de mim. Eu estava tão feliz, que tinha medo que Eduardo percebesse. Um dia, ele comentou que eu estava ficando com a cara profundamente idiota, parecia uma professora antiga dele; se eu estaria me lembrando das águas barrentas do córrego da minha cidade natal. Esperei completar três meses de gravidez para contar a novidade. Nem sei como Raphael agüentou todas as trepadas que demos durante esse período, às vezes eu tinha impressão de que o bebê chorava dentro da minha barriga. Escolhi um dia de muita luz para dar a notícia. O céu estava limpo, o sol brilhava na janela, os passarinhos bebiam pingos de chuva nas folhas das árvores, e eu escutava o alvoroço dos macaquinhos acordando no terreno ao lado.

— Bela, você está fazendo expressão idiota de novo...

— Estou grávida.

Eduardo balbuciou "campeão" e deslizou da cadeira para o chão; desacordando.

10

O telefone tocou. Era Eduardo, dizendo que só tinha ligado para avisar que estava vivo.

— Bosta de viagem, Bela! Quase chegávamos, quando o cara avisou que não podia aterrissar porque não havia luz na pista. Soubemos depois que lá embaixo estavam todos no breu, resultado de um *black-out* na cidade. Teríamos que dar um tempo. É tudo uma porra! Ficamos sobrevoando o aeroporto; passada meia hora, quando muitos vomitaram, o piloto disse que ia arriscar um pouso. Arriscar, Bela, que tal? A mulher que estava sentada ao meu lado ganiu melhor do que qualquer cachorro, e outros tantos cruzaram as patas, rezando. Quando o puto arremessou o avião contra o solo — porque aquilo não é aterrissagem nem na casa do caralho —, aos trancos, jornais e revistas fizeram uma festa nos ares. Além de tudo, aqui chove e faz um frio do cacete!

— Mas você está bem?

— Vivo, Bela. Já não disse?

— Um bei... — Não consegui me despedir.

Os dias se passaram, e Eduardo não voltou a ligar. Várias vezes tentei me comunicar com ele, mas o celular ou estava fora de área ou estava desligado. E eu não sabia o nome do hotel em que ele se hospedara. Tinha de esperar. Mas não havia nenhuma novidade, a não ser meu aniversário se aproximando, e Raphael andando cada vez mais firme, dando até umas corridinhas. No momento em que eu pensava em todas essas coisas, o telefone tocou.

— Tudo bem?

— Tentei falar com você e não consegui. Onde você estava?

— Rodando boiadeira no pampa. Não tenho feito outra coisa.

— Quando você volta?

— Depois de amanhã.

— No dia do meu aniversário.

— É. E Raphael?

— Está com saudade.

— Ele disse?

— Tem chorado à noite.

— Só agora deve ter visto a cara da Dulce. Bem, tenho que desligar.

— Um beijo.

Fomos para o clube, Raphael, Dulce e eu, mas, antes de sairmos, o telefone voltou a tocar. Corri para atender, na esperança que Eduardo tivesse se esquecido de dizer alguma coisa. De fato, ele se esquecera de me mandar um beijo. Mas era um homem perguntando se Eduardo estava no Rio. Eu disse que ele tinha viajado a trabalho. Perguntei se queria deixar recado, não precisava, respondeu, ligaria em outra hora.

Saí depressa, porque ouvi a vozinha do Raphael gritando mamã, lá no corredor. Ao lado dele, Dulce, carregada dos apetrechos da natação.

Assim que entrei no clube, as mulheres que eu havia visto numa das aulas estavam lá, conversando, certamente esperando o início da hidroginástica delas. Passei pela piscina em direção ao vestiário. Guardei minhas coisas dentro do armário, pus a touca, me despedi do Raphael no caminho e, acenando para o treinador, mergulhei na raia que estava livre. Logo que tirei a cabeça de dentro d'água, ouvi a falante:

— Fiz *lifting*, não é o refresco que dizem, a barra pesa. Você fica deformada, inchada, um horror! Pensa em se matar várias vezes.

Comecei a nadar.

— Olha a batida de perna, Bela! — gritou o treinador.

— ... aos poucos, os edemas vão cedendo... e você... outra... marido ficou balançadão! Precisava ver a cara dele... a minha melhorando...

— Não sei como você teve coragem! — escutei-a dizer quando parei na borda para ajeitar a touca.

— Não tive...

O treinador aproveitou para vir falar comigo:

— Presta atenção no ritmo, Bela, procura manter a mesma batida.

Voltei a mergulhar.

— ... resolvi depois... primeira consulta... horror! Se pudesse... na hora!

— Estica o braço, Bela!

— ... mas até agora, ninguém... que eu fiz...

Escutei o apito do treinador, parei no meio da raia; ele acenava, me chamando, nadei até a borda e ele se inclinou para me dar instruções. As mulheres não paravam de falar.

— Sabe como fazem o *lifting*? Descolam toda a pele, em seguida, puxam, cortam...

Saí da piscina dizendo que não estava me sentindo bem, continuaria na próxima aula, me enxuguei e fui embora. O treinador ficou me olhando enquanto eu corria, pingando, para o vestiário.

O período da gravidez foi a melhor fase da minha vida; além de eu me sentir bem, as pessoas me tratavam com carinho, e Eduardo estava irreconhecível. Outro marido. Até seu tom de voz tinha mudado, falava manso, baixo, suave. O pai de um bebê. Vê que eu estou ótimo, não é, Bela?, perguntava. Um exemplo. Pode imaginar o esforço... Tudo para evitar que você tenha um abalo e a criança desabe da sua xoxota. Quando nos deitávamos, ele cantava para o bebê dormir, assim dizia, fazendo carinho na minha barriga. Em compensação, quando amanhecia, resolvia conversar com Raphael, e aí era o mesmo de sempre; irradiava partida de futebol com a boca grudada no meu umbigo. Depois, cantava o hino do Botafogo, e ficava chamando: Campeão! Campeão! Acorda, rapaz! Um dia, armou as mãos e quase iniciou uma batucada na minha barriga, mas, felizmente, se deu conta do gesto a tempo.

No dia do meu aniversário, papai, mamãe e Luli foram os primeiros a me dar parabéns. Ligaram cedo, com vozes alegres, e muitas saudades. Eu também estava saudosa. Pelejei, pelejei com você, mas olha aí, trinta anos!, mamãe dizia. Estava impressionada com uma filha dessa idade. Já havia contado para toda a redondeza. Em seguida, me ligaram do curso de inglês. Um telefonema que eles dão para todos que ali trabalham. Recebi também telefonemas e cartões de lojas onde andei fazendo compras. E nada do Eduardo. Durante todo o dia ele não ligou, mas, no final da tarde, surgiu apressado, com o porteiro atrás dele carregando um embrulho grande.

— Parabéns, Bela! — disse, entrando e me dando dois beijos. — Seu presente está aqui nas mãos do Josimar. Não tive forças pra subir com ele. Estou estrompado!

Precisava deitar, continuou, nem que fosse por meia hora. Depois eu diria se tinha gostado do presente. Disse também que estava morto de saudades do Raphael, mas precisava recuperar as energias para enfrentar o campeão.

Eduardo estava fisicamente diferente, mais magro, cortara o cabelo e parecia mais jovem. Sumiu para o quarto. Raphael felizmente não ouviu a voz do pai, senão ia querer brincar com ele, e o porteiro deixou o embrulho no meio da sala. Estava me abaixando para abri-lo, quando escutei o telefone tocar. Me estiquei para atendê-lo.

— Bela, você não está mais só, no entanto continua sozinha. — Desligaram.

— Quem era? — perguntou Eduardo lá do quarto.

— Engano — respondi.

Quem será que tinha me ligado!?

Comecei a desfazer devagar o embrulho, pensando no telefonema. Quem poderia ser? Levantei à procura da tesoura para cortar o barbante. A casa estava em silêncio, pai e filho dormiam. Ao terminar de cortar todo o barbante, como amarraram esse presente!, fiquei diante do embrulho, e, aos poucos, fui rasgando o papel, e logo encontrava outro embrulho, e, assim por diante, até chegar ao último, o menor deles, uma caixinha revestida de cetim rosado, e, dentro dela, havia uma corrente com um pingente em forma de coração. Era o que eu imaginava que Eduardo me daria nos meus trinta anos: um grande presente!

Eduardo roncava quando entrei no quarto às oito e meia da noite. Sentei ao seu lado na cama e fiquei olhando para ele. Meu marido. Que estava ficando diferente. Deslizei a palma da mão pelo seu rosto, devagar. Abrindo um olho, ele perguntou:

— O que é, Bela?

— Vamos jantar fora, esqueceu?

Mostrei a corrente com o coração, que já havia pendurado no pescoço.

— Gostou?

— Muito!

— O coração é para botar a fotografia do Raphael.

— Ele abre?

Como eu não tinha percebido?, disse, enquanto Eduardo abria o coração para mim.

— Que horas são? — perguntou.

— Quase nove.

— Já?

— Vou me arrumar.

Saí do quarto e fui pegar Raphael. Disse no ouvido dele que o papai tinha chegado e pus o dedo na boca, fazendo sinal para que ele não fizesse barulho. Entrei novamente no quarto e pus Raphael em cima do Eduardo, que voltara a fechar os olhos.

— Papai!

— Pa-pai! Pa-pai! Meu puta campeão!... Botafogo, Botafogo... — E os dois se embolaram na cama.

Fui me aprontar para comemorar meu aniversário de trinta anos.

Quando voltei ao quarto, sentei em frente à penteadeira para escolher o brinco que combinaria com o coração.

A cama estava uma bagunça, Raphael, de bochechas vermelhas, fazia cavalinho na barriga do pai, babando de rir; os dois se divertiam.

— Vai se vestir, Eduardo, e Raphael tem que dormir... Dulce!

— Bela, leva o Raphael, olha eu aqui nestes trajes...

Raphael chorou quando o entreguei a Dulce. Enquanto ela o levava do nosso quarto, Eduardo pulava, acenando para ele, chamando em voz alta: Campeão! Não chora, campeão!... E Raphael, olhos fixos no pai, não sabia se ria ou chorava.

— Bonito seu vestido, Bela, é novo? — perguntou Eduardo assim que ficamos a sós.

— Comprei para usar no dia de hoje.

— OK. Vou me vestir, mas ainda estou num cansaço do caralho...

Tivemos um jantar completamente diferente de todos até então. Eduardo parecia outro homem, perguntou se eu tinha gostado mesmo do presente, tomou duas taças de vinho, brindou meus trinta anos, jantou, comeu sobremesa (coisa rara!), tomou café e, ao terminarmos, disse que estava semimorto, precisava dormir. Tinha dado uma dormidinha de merda, e no dia seguinte precisava ir a Brasília. Não levamos hora e meia entre a saída e a volta para casa.

— Vai viajar de novo? — perguntei, enquanto ele ligava o carro.

— A bandidagem se espalha a olhos vistos, Brasília então...

Logo em seguida, ele deu uma freada súbita:

— Sempre um puto no caminho! — xingou e socou o volante.

Assim que entramos em casa, ele tirou toda a roupa, largando-a em cima da cadeira do quarto, e se jogou na cama de cueca, roncando em seguida. Demorei para me despir, guardar a roupa, passar creme etc.

Me deitei completamente sem sono, e assim fiquei, pensando. Pensei também no telefonema da tarde. Era voz de homem. Como sabia meu nome?

Na penumbra do quarto, um pouco de luz vazava por debaixo da porta e pela veneziana; devia ser noite de lua cheia, porque as grades da janela reluziam. A enfermeira já tinha vindo para dar boa-noite. Ouvia-se ao longe o som da rua. Ao redor, silêncio completo. Raphael dormia no berçário. Debruçado sobre mim, e fazendo carinho no meu cabelo, Eduardo dizia:

— Bela, eu te amo. A única mulher que eu sei amar é você. Você é bela, belíssima, boa, calma, e sempre com a mesma temperatura, não sei como pode reunir tantas qualidades... Bonito o que eu disse agora, não é?... Me abraça, Bela, me beija. Me ama.

11

Durante algum tempo de nossas vidas, a única grande mudança foi o crescimento do Raphael. Desordenado, segundo Eduardo, que achava que devia ter expelido algo estranho na hora da concepção. Isso porque Raphael continuava baixo, mas com pés e dentes enormes. Eu achava a cada dia meu filho mais bonito, com seu cabelo encaracolado e seus olhos azuis — iguais aos do meu pai. Logo que Eduardo iniciou essa vida diferente, peregrina, como dizia, Raphael estranhou o pai não dormir em casa; com o passar do tempo, se acostumou. Nas noites em que Eduardo não ia embora, às vezes transávamos, mas não mais como antes. Quando eu fazia algum comentário, ele se queixava de cansaço, naqueles termos dele. E dormia profundamente. Um dia, antes que ele pegasse no sono, perguntei se tinha deixado de beber. De beber e de morrer, respondeu; e roncou em seguida.

No início, seus amigos telefonavam, depois não voltavam a chamar, acho que discavam direto para o celular.

Papai e mamãe também telefonavam, e quando me perguntavam pelo Eduardo, eu dizia que ele andava viajando a trabalho. Eles então diziam que ficaríamos ricos de tanto que meu marido trabalhava. Muitas vezes, chorei de saudades do Eduardo, e quando eu lhe contava, ele dizia que não gostava de me ver fraquejando. Por que eu estaria tendo essa reação adversa?, perguntava. Que eu não me esquecesse que a vida era labuta, renhida a não mais poder, e que eu vinha fazendo a minha parte admiravelmente. Dando uma inestimável colaboração. O importante é que a nossa família continuava coesa, de pé, inabalável — uma rocha!

E as viagens continuavam. Eduardo falava nos bandidos, contava a Raphael que já havia pego três, e que tinha muito mais para botar na cadeia. O país regurgitava de salafrários, dizia. Brotavam canalhas de norte a sul. Uma epidemia difícil de debelar! Se duvidasse, na minha família também tinha bandido. E quem era bandido na minha família?, perguntei. Não sei. Quem sabe o futuro marido de sua irmã?, respondeu. Por falar nisso, ela não se casa, hein, Bela? Deve ter algum transtorno sexual.

Raphael contava para todo mundo que seu pai era xerife. Pedia sempre para ver a estrela, e Eduardo dizia que ela tinha caído na luta contra os bandidos.

— Os xerifes correm tanto de um lado para outro, que acabam perdendo as estrelas pelo caminho — dizia ele para Raphael, que, de olhos arregalados, escutava o pai. E a história não acabava: — Passam muitos xerifes por aqui, eles vêm de longe, depois voltam para o Velho Oeste atrás dos bandidos de lá. Só que lá os bandidos fogem a cavalo. Montam neles, empinam e saem em disparada em direção ao cume das montanhas nevadas. — Eduardo contava andando e gesticulando pelo meio da sala — Volta e meia um cavalo escorrega e quase despenca desfiladeiro abaixo, aí o bandido diz ops! e continua a escalada. É uma longa jornada. Ao anoitecer, eles alcançam o topo da montanha. E lá permanecem, escondidos; vez por outra, espreitam o vale através do binóculo. Quando vão dormir se cobrem até a cabeça, sendo que um deles fica de tocaia. Sabe o que é tocaia, Raphael? Tocaia é a atitude habitual de sua avó quando o marido ou as filhas se afastam dela. É muito difícil pegar — *to catch*, hein, Bela... — bandido americano. Brasileiro então nem se fala... Você vai ser bandido quando crescer, hein, Raphael?

— Não diz isso, Eduardo!

— Vai, campeão?... Rapha, *the kid!*

Raphael se divertia com tudo o que o pai dizia. Sentava de pernas cruzadas no sofá e ficava imóvel ouvindo as histórias do Eduardo. Todas as vezes, ao saber que o pai vinha, saía correndo e voltava vestido com o uniforme do Botafogo, dos pés à cabeça, e o esperava cantando o hino do time. Assim que ele abria a porta, se abraçava em suas pernas, dizendo que o pai estava preso, não podia mais sair de casa. Eduardo se inclinava e beijava a cabeça do filho.

Dulce estava para nos deixar. Raphael já ia para a escola de condução, comia sozinho, e não queria que ninguém o visse tomando banho. Quando a noite chegava, ele me dava um beijo, ia para o quarto, apagava a luz e dormia. Meu filho, um presente em forma de menino.

Nós, mãe e filho, já tínhamos participado de várias competições. Só que agora Raphael era um campeão de verdade, e já havia ganhado várias medalhas; vivia numa verdadeira maratona aquática. Nesses dias, Eduardo aparecia para ver o filho nadar. Gritava na arquibancada, assistindo Raphael — parecendo um sapinho — atravessar a piscina em nado de peito. Torcia o tempo todo enquanto o filho competia, e quando ele ganhava, saía correndo, atropelando as pessoas, tirando fotografias, e depois levantava-o, aos gritos de campeão!

Eu continuava a vida de sempre, aulas e mais aulas. Dentro e fora d'água. A única novidade é que os trotes continuavam. Não sabia quem me ligava; desde a primeira chamada, a pessoa falava pouco e desligava.

Um dia em que eu não o esperava, Eduardo apareceu em casa machucado, parecendo ter sido atropelado. Perguntei o que tinha acontecido. Ele contou que saíra na porrada com um cucaracha. Forte pra caralho, o demônio!, quase gritou. E não quis mais falar no assunto. Enquanto eu fazia curativos nele, disse que gostaria de me fazer uma pergunta. Banheiro era lugar para assuntos privados, cochichou no meu ouvido. A pergunta era se eu encontrava explicação para não dizer palavrão. Ele gostaria de saber se lá, no lugar de onde eu vinha, falava-se apenas indecência.

— E quem disse que lá se fala indecência?

— Lá e em qualquer lugar, não é, Bela? Por que você não diz palavrão? — insistiu.

— Não sei.

— Então vamos aprender: puta que pariu! Repete, Bela.

Silenciei.

— Vamos, Bela. Puta que pariu!

— Puta que pariu.

— Ótimo! Mais alto, vai! Caralho!

— Chega, Eduardo.

— Ai, Bela, devagar, aí está doendo, assopra!...

Aproveitei o momento e resolvi conversar sobre nosso casamento — tão diferente dos outros. Os casamentos eram uma odiosa farsa, pura tormenta, fachada aos escombros, enquanto que a nossa relação continuava firme, sólida, inquebrantável; Eduardo terminou de falar me dando um tapa nas costas.

— Não há mais relação — disse eu.

— Que relação? Você está se referindo a sexo?

— Estou.

— Não pense que eu também não sinto falta — reagiu —, têm momentos agônicos. Bacana essa palavra, hein, Bela? Vem de agonia, sabe, não é? Voltando ao tema, não sei se te acontece o mesmo, mas às vezes eu gano, Bela, gano. Mas quando um homem está exigido no trabalho, dedicado, concentrado como eu preciso estar, e você sabe que eu não fujo aos compromissos, sou homem que não recua diante de nenhuma situação, essa questão torna-se inóspita... Estranhou a palavra, não é? Eu também. Uma leva de neurônios deve ter me abandonado. Ou excesso de trabalho, como diria o venerável senhor Francisco, seu digníssimo pai. Bem, mas creio que em breve comungaremos da alegria diante do súbito ressurgimento do nosso nobre Comendador!

— As pessoas me perguntam se estamos separados — continuei.

— Quem, Bela, quem?

— Dulce — respondi.

— Ora, porra!

Eduardo disse que não queria mais falar sobre o assunto. Tinha muito que pensar, articular, providenciar. Era um homem muito ocupado. Não iria ficar conversando sobre o sexo da Dulce.

— Hein?

— Você entendeu — falou, e saiu, com a mala na mão, dizendo que precisava preparar a porra de um relatório para o encaminhamento de um caso.

Dois meses depois, em uma tarde em que eu esperava o porteiro interfonar avisando que Raphael tinha chegado da escola, o telefone tocou.

— Seu marido ficou noivo — disseram, e desligaram.

Me sentei no sofá, tonta. Dulce apareceu e me perguntou alguma coisa; não lembro o que respondi. Me levantei atrás do telefone. O celular do Eduardo estava fora de área.

Passei a tarde dando voltas dentro de casa, sem conseguir me ocupar. Antes do jantar, ele ligou, perguntando o que eu queria. Contei o que havia escutado.

— Mas me liga pra dizer isso!? Hein, Bela? Interrompe o curso de uma investigação longa, confusa, cheia de contratempos, para isso? — gritou no meu ouvido. — Como é que me pergunta uma coisa dessas!?...

— Uma pessoa ligou pra cá contando.

— Trote, Bela, trote! Tenho muito o que fazer, vou desligar. Mas que porra de merda é essa, que merda de porra... — Ainda o escutei dizer.

Após o término de mais uma aula, eu guardava o material, quando uma das colegas me convidou para irmos ao cinema. Estava passando um ótimo filme, ela disse. De uma detetive mulher, Espinhosa, nome da personagem, que segue o próprio marido porque desconfia dos telefonemas dele, quando então descobre que ele tem uma namorada firme. Ela fica atarantada, corre atrás da moça noite e dia, sem saber que a outra é maratonista; quando o filme acaba, ela grita: *Estoy muerta!* E morre. Olívia riu, depois de contar o final do filme. Telefonei para casa, e Dulce atendeu, avisei que ia demorar, mas que chegaria a tempo de jantar com Raphael.

Terminada a sessão, peguei o carro e dei uma carona para Olívia — que falava o tempo todo sobre o filme, dizendo que se fosse ela furava o tímpano do marido — e depois fui para casa. Pensei em contar a ela que meu marido era delegado, mas achei melhor que continuasse a pensar que ele era apenas advogado.

Assim que pus a chave na fechadura, ouvi o telefone chamando. Corri para atender. Não tínhamos mais secretária eletrônica, porque Eduardo não suportava ouvir certas vozes.

— Bela, não sei se você lembra de mim, mas quem está falando é Marquinho; nos conhecemos no dia em que seu marido estava lá na esquina com aquela mendi...

— Sei.

— Estava querendo falar com você...

— O quê?

— Dá pra gente se encontrar?

— O que você quer?

— Já disse, falar com você...

Raphael apareceu na sala e correu ao meu encontro.

— Estou ocupada, vou ter que desligar.

O que esse rapaz teria para me falar?

No final do dia, véspera do Natal, eu tomava banho, distraída, pensando se havia comprado todos os presentes, quando escutei batidas na porta. Era Dulce, avisando que meu marido tinha chegado, e ela achava que ele não estava passando bem. Saí do banheiro pingando, enrolada na toalha, e encontrei Eduardo zanzando na sala, socando os móveis e chorando. Assim que ele me viu, caiu em cima de mim, soluçando. A toalha escorregou e caiu também; fiquei nua, escutando:

— Malaquias morreu, Bela! Ouviu? O grande Malaquias morreu! — E ficou em silêncio, agarrado comigo, me apertando. Depois de algum tempo, continuou: — Como foi acontecer uma coisa dessas? Quem terá matado o Malaquias?

Raphael, abraçado à bola de futebol, parecia colado ao chão, contemplando o que via.

— Por que papai está chorando e a mamãe está sem roupa?

— Olha o Raphael aqui, Eduardo... — Peguei a toalha do chão, e voltei a me enrolar nela.

Eduardo olhou para o filho e fez um gesto para que ele se aproximasse.

— O amigo dele morreu, meu filho.

Raphael abraçou-se a nós. Voltamos a ficar juntos os três, abraçados, como havia muito tempo não ficávamos. Eduardo dizia que eu teria que acompanhá-lo ao velório, porque ele precisava ser o anjo do seu protetor. Invertera-se a situação. E seria muito difícil, porque ele tinha certeza que sofreria uma síncope ao adentrar a capela. E que naquele momento não poderia me explicar o que era uma síncope. Mas era fatal. Vamos levar palmas para o Malaquias, Bela. Palmas!, disse, assoando o nariz no lenço. Nesse momento, o telefone tocou. Eduardo, ao lado do aparelho, atendeu.

— Quem? Não, ela não pode falar, está conversando com o marido.

Eduardo saiu do abraço, sacudiu a cabeça e me encarou. Estava com uma fisionomia estranha. Me afastei, Raphael também deu um passo atrás.

— Quem é Marquinho? Hein, Bela? O que está se passando na minha ausência? Quem é o filho-da-puta? Fala, Bela... Por acaso você está me traindo? Por uma combinação macabra do destino, isso está me acontecendo? E o bosta se chama Marquinho? Quer me submeter a mais um sofrimento? Hein? Já não basta? Vai, Bela, responde, o sangue tá fluindo, borbulhando, tá explodindo...

— Vamos jogar bola, pai?

12

Descemos no mesmo elevador, Eduardo e eu. Ele, porque ainda queria me dizer coisas, e eu, atrasada para dar aula. Teria que correr. Um absurdo eu não ter me manifestado, ele disse, logo ao entrarmos, não me pronunciar diante de um assunto tão sério. Grave, muito grave!, repetia. Imperdoável! Falava sem me olhar, batendo com o chaveiro na parede do elevador. As pessoas têm que responder pelo que fazem — eu não sabia disso? Nunca tinha ouvido falar em responsabilidade? Anos de dedicação, e veja o resultado... O elevador parou num dos andares, e uma mulher com um perfume forte entrou. Eduardo levantou uma das abas do nariz, fazendo cara de nojo. Detesta cheiro forte e mulher com unha do pé pintada. Não dava mesmo para confiar em mulher, continuava ele, bem que sua mãe o havia alertado, mas ele, teimoso, não a escutara. E só porque havia algum tempo viajava, a trabalho — não só para dar conforto à família como para aumentar o patrimônio —, fora brutalmente traído por um merda que assim que lhe pusesse as mãos, ia encher de porrada! Mal chegamos ao térreo a mulher empurrou a porta do elevador e saiu correndo.

— Chispou, viu? — disse ele — Já deve ter levado umas bordoadas. — Josimar, meu chapa, você conhece algum Marquinho pela redondeza? — perguntou Eduardo assim que passamos pela portaria.

O rapaz desgrudou os olhos da tevê, e, coçando a orelha com a ponta do lápis, disse que achava que conhecia, mas naquele momento não lembrava.

— Então trate de lembrar e me dizer onde mora o bandido. Sabe que vivemos cercados, não sabe? Essas grades não são à toa — apontou para a entrada do prédio. — Esse puto é mais um que merece umas porradas. Vou jogar esse veado atrás das grades! — Nesse momento, o porteiro enfiou o lápis dentro do ouvido, gemeu e jogou o lápis longe. — Até mais, Bela — despediu-se Eduardo, e eu andei depressa para pegar o carro.

Durante esse período, em que cismou com o tal rapaz, Eduardo deixou de falar comigo; quando aparecia em casa dirigia-se apenas ao Raphael.

Uma tarde, em vez de abrir a porta, interfonou, mandando avisar ao filho que tinha um gigante no corredor querendo ser amigo dele. Raphael correu, escorregou e quase caiu ao abrir a porta; assim que viu o pai, equilibrando-se em pernas de pau, começou a rir, enquanto Eduardo esticava a mão se apresentando como gigante:

— Muito prazer, El Duardo, às suas ordens. Não sei se o menino sabe que o prefixo El indica nobreza, grandeza de caráter, fidalguia. Incline-se e beije a mão do gigante em sinal de reverência. Vamos!

Raphael, rindo, beijou a mão do pai, depois abraçou-se às pernas dele. Eduardo, apoiando-se nas paredes, gritava que um gigante não podia cair de forma alguma. Os gigantes nascem grandes, fortes e poderosos, e assim devem permanecer até o resto dos seus dias de glória. E o menino também seria como ele, dizia. Da noite para o dia, ia se agigantar. Se ele ficasse acordado, veria seu peito estufando, braços e pernas engrossando, El Raphael surgindo... Raphael olhava para o próprio corpo e sorria. Talvez acontecesse na próxima noite, quando acordasse já seria um deles. Meu filho se espichava o quanto podia, batendo no peito e emitindo sons. A vizinha da frente abriu a porta do seu apartamento — certamente por causa da barulheira que se fazia no corredor —, abanou a cabeça e voltou a fechá-la. Eu e Raphael ríamos. Eduardo então, olhando na minha direção, disse que eu não pertencia à família do gigante, que ele não era casado e não gostava de mulher, porque elas eram seres pequenos. *Too small.* E virou as costas para mim.

— Entra, gigante.... — disse Raphael, de mão dada com o pai, e foram para o quarto, que ficou de porta aberta. O cachorro também foi atrás deles para ver o que estava acontecendo. Raphael ia enxotá-lo, porque sabia que seu pai não gostava de pulgas, mas Eduardo interveio:

— Deixa... o que vem de baixo não atinge o gigante... — E esticou a mão para o cachorro.

Raphael, percebendo, ordenou:

— Cumprimente o gigante!

O cachorro deu uma lambida na mão de Eduardo, que imediatamente esfregou-a no primeiro pano que encontrou. A bermuda nova do Raphael.

— Lagla! Lagla!— balbuciou Eduardo.

Raphael só conseguiu entender o que o pai queria depois de ele ter feito mímica. Correu até a cozinha atrás de um copo d'água.

Saí, para o meu treino diário. Bati na porta do quarto dele:

— Tchau, filho, estou indo. Tchau, gigante. — Ao ouvir minha voz, Raphael correu para me dar um beijo. Eduardo continuou de costas para mim.

Mais tarde, eu estava em casa, recostada no sofá, lendo, esperando o jantar, quando o telefone tocou. Era o tal Marquinho. Pedi que esperasse, apesar de saber que Eduardo já fora embora havia algum tempo; fui me certificar. Voltei a atender.

— O que você quer?

— Podemos conversar?

— Você ligou pra cá antes?

— Liguei.

— Não faz mais isso.

— Por quê?

— Porque sou casada, e você não conhece meu marido...

— Conheço.

— Vou desligar.

— Esp...

Fiquei com medo que Eduardo aparecesse de uma hora para outra. Via a sombra dele por todos os lados.

O telefone voltou a chamar, atendi.

— Bela, me deixa falar...

— Já disse pra você não ligar.

— Mas Be...

O que esse rapaz queria comigo!?

— Como você se chama?

— Belmira. E você?

— Eduardo.

— Onde você mora, Bela?

— Moro no interior, mas estou passando uns dias na casa de uma prima.

— E lá tem telefone?

— Claro.

Rimos juntos.

— Escreve o número aí na areia que eu decoro. — Eduardo acompanhava com os olhos o que eu fazia. — Agora deixa eu limpar sua mão. — Pegou uma toalha e, com a ponta dela, esfregou minha mão, tirando a areia, e quando não havia mais um grãozinho, virou a palma para cima e a beijou, piscando o olho pra mim.

Nesse mesmo dia, voltamos a nos encontrar. Em todos os dias que se seguiram, nos vimos. E quando chegou a hora de eu voltar, Eduardo decidiu me acompanhar. Durante a viagem de ônibus, de mãos dadas, rindo, brincando, ele disse que ia cortar uma flor do cerrado e levar para sua casa. Bela! Bela! Repetia em voz alta meu nome, e as pessoas se voltavam para nos olhar. E o ônibus sacolejava, e nós, abraçados, continuávamos a rir.

Mal chegamos à casa de meus pais, Eduardo pediu minha mão em casamento. Papai e mamãe tomaram um dos maiores sustos da vida deles, mas quando Eduardo contou que passara em um concurso para delegado e com isso ganharia um bom salário, que daria para nos sustentar, eles deram consentimento. Eu também disse que estava com o inglês na ponta da língua, podia me candidatar a professora em um curso de inglês. Ergueram-se então diversos brindes, com Mineirinho. Nesse meio-tempo, enquanto os proclamas corriam, Eduardo ficou hospedado numa pensão, sofrendo, dizia, por estarmos longe um do outro. Durante a maior parte do tempo que lá passamos, praticamente não estivemos com Luli. Mamãe tinha dado permissão para que minha irmã fosse para um acampamento, e ela só chegou no dia do casamento; de botas, bochechas vermelhas, queimada de sol. Feliz da vida! Foi uma das últimas a entrar na igreja. Passada a cerimônia, voltamos para o Rio, casados e apaixonados.

E nunca mais deixamos de nos ver. Dos olhos dele saberem dos meus.

Estava querendo e ao mesmo tempo evitando ligar para meus pais, com medo de que eles percebessem que as coisas estavam diferentes e se preocupassem. Mas tinha certeza de que dentro em breve mamãe ligaria. Ela não passava muito tempo sem notícia.

Fui nadar. Mas quando cheguei ao clube me senti cansada, comentei com o treinador, e ele, batendo no meu ombro, disse que eu estava dispensada. Entrei na piscina e me deitei para boiar. De repente, a voz daquela mulher chamou minha atenção:

— Casamento é uma coisa ridícula! Tudo é ilusório! Tudo é passageiro! Nada se sustenta! — E ela e a amiga riram.

Fiquei ali, escutando, boiando, pensando.

A noite estava quente, Raphael já tinha dormido havia algum tempo. Dulce, que ainda estava em nossa casa, também dormia. Apoiada no peitoril da janela da sala, de camisola, eu me distraía observando o movimento da rua, quando tive a idéia de pegar o resto de cigarro de maconha que Eduardo deixara na mesa-de-cabeceira. Várias vezes ele havia me oferecido, e eu tinha recusado, mas naquele momento estava com vontade de experimentar. Fui buscá-lo. Acendi com dificuldade o que restava do cigarro e dei duas tragadas. Voltei para a sala e me debrucei de novo no peitoril da janela. Ventava forte, e eu comecei a rir, vendo, no outro lado da rua, uma mulher tentando fechar a janela do seu apartamento. A cada lufada, a janela voltava a se abrir, e ela recomeçava o movimento. A cena foi interrompida pelo toque do telefone:

— Bela, você não está falando comigo porque eu não estou falando com você? — Silêncio. — Hein, Bela?

— Estou sem assunto.

— Você nunca teve muito assunto. Está aborrecida? Contrariada? Indignada? Raivosa?

— Me deixa, Eduardo — respondi, e voltei a rir.

— Rindo, Bela? De quê? Tem mais alguém aí?...

Desliguei o telefone e voltei para a janela. De repente, ouvi barulho de porta se abrindo e, a seguir, passos. Raphael cruzava a sala de pijama.

— Não estava dormindo, meu filho?

— Mãe, você acha que estou virando gigante?

Que esforço para não rir na frente do Raphael!

13

Em vez de mamãe, quem telefonou foi Luli, minha irmã. Queria conversar, contar que perdera a virgindade. E como foi?, perguntei. Gostei não, respondeu. Preferia tudo que tinha acontecido antes do "troço". Aí que é bom, ela disse. Perguntei também se havia tomado pílula. Claro, uai! E quando ia desligar, contou que agora ela era mulher que nem eu. Eu lhe disse então que ela precisava se cuidar. Ah, Bermira...

Em seguida, o telefone voltou a tocar.

— Com quem você estava falando?

— Com Luli.

— Hein?

— Minha irmã.

— Ah. Falaram à beça, hein? O que ela queria?

— Conversar.

— Estou atento, hein, Bela! Veja bem o rumo que está imprimindo à sua vida... — Eduardo desligou.

Eu estava na mesa da sala, fazendo a lista do supermercado, quando a porta se abriu violentamente. Eduardo entrava.

— Abre o jogo, Bela — disse, esbarrando no que encontrava pela frente e em seguida se jogando na poltrona.

— Que jogo?

— Não vai te acontecer nada, muito menos ao bandido-mirim.

— Você acha, Eduardo...

— Tenho certeza. Vamos, Bela. Estou aqui para colher seu depoimento. Aguardando que você exponha suas nefandas manobras. Dependendo da resposta, vou dar um rumo diferente à minha vida, estabelecer outros parâmetros, criar novas espectativas.... O traçado será outro. Um homem absolutamente solitário deve ser feliz. Não posso continuar vivendo num plano sem horizontes, numa sucessão nebulosa de estados de ânimo, com a vida em ruínas. Noite passada, fui surpreendido com suas risadas pelo telefone. Parece que estava havendo uma esbórnia aqui em casa. Você gargalhava, atingindo com isso o ponto culminante.

— Com licença, a diarista está perguntando se a senhora quer que ela vá a feira ou vai pedir tudo no supermercado? — Dulce apareceu, interrompendo a fala do Eduardo.

— Pus tudo na lista, Dulce, pode deixar.

Ela voltou para a cozinha.

— Só de olhar para essa mulher, minha energia despenca. Há pessoas assim, a simples presença destrói um ambiente. Ela nunca mais vai embora aqui de casa, não é, Bela? Você fez um convênio importante com ela, um tratado mesmo, e eu não fui parte nele, mas fiquei com a incumbência de pagar seu salário todos os meses. Lembra como Raphael penou logo que ela veio trabalhar aqui? Como chorava... puta merda... pobre criança, dorme e acorda vendo a cara da camela. Já pensou a escolha futura que ele vai fazer? Quer você queira, quer não, Bela, existem agentes do mal. São almas estreitas, atarracadas, deglutidoras. Minha mãe tinha uma amiga que quando aparecia na nossa casa — sem ser convidada, é bom que se diga — seus sapatos de ponta se quebravam, sem que ninguém tocasse neles. Impressionante. Já ouviu falar uma coisa dessas? Existem pessoas assim; só de olhar para as crianças, elas choram, os bichos ganem, os velhos morrem... Uma vez, um cara entrou numa festa, e logo que ele pisou lá dentro as pessoas começaram a gritar umas com as outras. O que impressiona é a rapidez com que eles agem...

— Você não sabe mais o que está falando, Eduardo.

— Perfeitamente! Aliás, nunca o soube tanto! Presta atenção, Bela, erga o pensamento: você é uma pessoa do bem, espírito elevado, uma bela alma, um corpo magnífico, mas está enveredando por um caminho perigoso, com isso, sem querer, pode resvalar para outro mundo, e sua vida se tornar uma série ininterrupta de aventuras e se dissipar na nulidade; sombras negras cobrem já o céu, estou te avisando, a paixão consome, é uma força demoníaca, escuta o que eu digo...

— Está bem. Agora preciso ir.

— Jogo da verdade, Bela, responda rápido: vai se encontrar com ele?

— Vou dar aula, Eduardo.

No início da noite, fazia as sobrancelhas no espelho do banheiro, quando o telefone tocou, e, sem querer, arranquei uns fios a mais, deixando uma falha na sobrancelha esquerda:

— Como estão as coisas, Bela?

— Tudo bem.

— Tudo bem?

— Ah, ia me esquecendo... Raphael tem competição no sábado, e perdeu a prancha. Deixou-a no clube e alguém deve ter levado. Dá pra você trazer outra antes de sábado? Ele tem treinado todos esses dias, deve conseguir uma boa colocação.

— Para o campeão, tudo! — Silêncio. — E você, Bela, não tem nada a me dizer?

— Não, você tem?

— Por que teria?

— Não sei.

— O que está acontecendo, Bela?

— Nada.

— Não estou gostando do jeito que você está armando a conversa.

— Que conversa?

— Não estamos falando?

— Estamos.

— Amanhã eu vou aí pra termos uma conversa definitiva.

— Sobre o quê?

— Sobre nós, cacete! O que está acontecendo com você?

— Eu é que pergunto.

— Não estou te reconhecendo, Bela.

— Mas sou eu mesma, Belmira.

— Até amanhã, Bela.

Estava lendo deitada, de camisola, pronta para dormir, quando vi a porta do quarto se abrir devagarinho. Era Raphael.

— Mãe — disse, ajoelhando-se e encostando a cabeça no meu ombro —, por que papai não quer mais brincar comigo?

— Seu pai está preocupado com o trabalho.

— E o gigante?

— Qualquer dia ele aparece de novo.

Me levantei e fui levá-lo de volta ao quarto, conversando com ele.

No dia seguinte, antes que Eduardo viesse para a tal conversa, liguei para ele e contei o que Raphael tinha dito. Ele ouviu em silêncio. Sempre que eu falo sobre o filho, Eduardo presta atenção. Foi assim desde o início.

Na primeira noite em casa, depois que Raphael nasceu, apesar de eu dizer que a enfermeira estava ao lado do bebê, e que ao menor ruído ela escutaria, Eduardo não conseguia despregar os olhos do filho, fez questão de se sentar ao lado do berço e passar a noite em claro, porque achava que Raphael podia se sufocar.

— Enrolado na manta, Eduardo?

— Pode se desenrolar...

— Um bebê?

— Meu filho, Bela!

Mais tarde, depois de preparar o material de trabalho, fui jogar cartas com Raphael. Um jogo que ele inventara e o deixava todo contente. Estávamos distraídos, quando começamos a ouvir latidos vindos da porta. O cachorro levantou-se na cozinha e veio até a sala cheirá-la. Depois que cheirou bastante, desinteressou-se. Dulce apareceu, olhou para a porta, em seguida para mim, e voltou para a cozinha. O latido era de filhote.

— Vamos pegar esse cachorrinho pra gente, mãe? — pediu Raphael.

— Deve ter dono, meu filho...

Continuamos jogando. Alguém devia ter deixado a porta do apartamento aberta, e o cachorro fugira. Como latia... De repente, Raphael se levantou e, largando as cartas na mesa, me pediu para ver o cachorrinho. Fomos, os dois, com ele correndo na minha frente. Abrimos a porta, e Eduardo estava sobre o capacho, de quatro, latindo. Raphael deu um grito e pulou em cima do pai.

Os dois entraram embolados, brincando de luta, chamando-se de campeão, e assim ficaram, durante muito tempo, até eu dizer que estava na hora de Raphael tomar banho, jantar e dormir. No dia seguinte teria aula, cedo. Suado e corado, Raphael foi, reclamando, para o banheiro, enquanto Eduardo fazia sinais para mim de que conversaríamos depois.

Terminado o jantar, fui corrigir provas. Raphael já tinha ido para o quarto, acompanhado do pai, que prometera contar histórias para ele. Nesse intervalo, mamãe ligou. Pedi que não ficasse triste, mas eu estava muito ocupada e preferia que conversássemos no dia seguinte.

Logo depois, Eduardo apareceu na sala despenteado e com cara de sono. Quando me viu, espertou:

— Pois bem, dona Bela, vamos encarar a vitória definitiva da realidade!

— Vamos.

— Por que esse jeito de falar?

— Respondi, só isso.

— O que está havendo com você?

— Comigo, nada.

— Não gostei da entrelinha. Já que você quer saber, claro que comigo acontecem coisas todos os dias. Não é fácil lidar com bandido... sempre às voltas com roubalheira! Cansa, viu? Mina um sujeito. Não vai dizer nada, Bela?

— Não tenho o que dizer.

— Antes de prosseguirmos, posso saber o que houve com sua sobrancelha? Está sem um naco. Você e o rapaz se engalfinharam? Hein, Bela? não vai responder?

— Não tem resposta.

— Combinamos conversar.

— Você marcou a conversa.

— Que está começando a ficar tortuosa outra vez. O que está havendo, Bela?

— Nada, já disse.

— Não tem nada pra me dizer?

— Não. Você tem?

— Você mudou muito...

— E você se encrencou, Eduardo.

Os olhos dele se fixaram nos meus. Em seguida, ele se levantou devagar e saiu em silêncio.

Fui para a janela. De lá, vi-o atravessando a rua lentamente para pegar o carro. Parando em frente a ele, olhou para o alto, sabia que eu devia estar na janela; apesar da escuridão, tinha certeza de que seus olhos continuavam nos meus.

14

Dois dias depois, mamãe ligou, reclamando meu telefonema. Tinha razão. Pela sondagem das perguntas, senti que sabia de alguma coisa. Quem teria contado? Impossível comentar com ela sobre o que se passava com Eduardo. Nem eu sabia. Esperava que ele estivesse pensando na vida dele e na nossa. Devo ter saído do telefone com cara preocupada, porque vi os olhos de Raphael bem abertos na minha frente; disse-lhe que a avó havia ligado. Ele então contou que tinha falado com ela.

— Quando?

— Você ainda estava dormindo — respondeu.

— E por que não me chamou?

Raphael não soube o que dizer. Depois disse que a avó queria notícias do seu pai. E ele então contou que o pai continuava caçando bandidos, numa floresta cheia de tigres e jacarés, mas que não tinha medo, porque já havia matado um leão, só com uma das mãos, quebrando o queixo do animal, que ficara inerte no chão e não podia comer mais ninguém. (Raphael estava começando a falar igual ao Eduardo!) Sim, Raphael, eu disse, mas o que sua avó falou? Perguntou se papai não voltava mais para casa. Ele agora só conversava com homens, respondi; aí, não sei o que aconteceu que ela gritou: separou! Ah, eu sabia que isso ia acontecer! Era chuva demais pra nossa horta... Aquele moço deve de ter largado Belmira por uma zinha qualquer! O que havera de pensar a vizinha? Ai de mim, ai de nós, de nossa vida encrencada! Minha Nossa Senhora das Dores, orai por nós! No final, vovó disse que o dedinho dela contava tudo pra ela. O mindinho. Raphael sabia imitar a todos nós!?

— É verdade, mãe?

— O quê?

— Que o mindinho conta tudo?

— Era o que ela dizia quando eu tinha a sua idade.

Pedi que da próxima vez não contasse tanta coisa para a avó, ela se assustava com facilidade.

— Você não tem medo de cobra?

— Mais ou menos.

— Raphael.

— Agora eu só tenho um pouco de medo.

— Está bem, então, assim como você tem um pouco de medo de cobra, sua avó também tem de notícia.

— Hum?

— Depois eu explico melhor.

Ele se desculpou e me beijou. Meu filho mais querido.

Eduardo só ligava para falar com o filho. Quando eu atendia, ele me chamava de Belmira e pedia que eu chamasse Raphael, que ria das histórias do pai. Passavam um tempo enorme conversando no telefone, e de vez em quando meu filho soltava uma gargalhada e caía para trás, levantando as pernas. O cachorro tentava participar da alegria, mas Raphael o empurrava com o pé, e ele voltava para a cozinha.

Algum tempo depois, Eduardo ligou, dizendo que queria falar comigo. Dulce tinha atendido e me passou o aparelho, levantando as sobrancelhas. Queria me informar, segundo suas palavras, que iria saltar de asa-delta no fim de semana. Precisava fazer exercício. Mas queria um exercício alado, em céu aberto; na verdade, queria se jogar na amplidão! Dar um salto no mundo! Depois de treinar bastante com a asa no plano, estava se preparando para decolar. Tinha feito amizade com um rapaz que era instrutor de vôos. Professor de abismos, você sabe, ele disse. Estaria monitorado por ele, mas, como não sabia o resultado do vôo, caso ele viesse a falecer nas nuvens, que eu procurasse Olseu — era este mesmo o nome —, que tinha ficado no lugar do Malaquias, mas que nem de longe ombreava com seu augusto amigo. E disse adeus ao desligar.

Cheguei ao clube para nadar e encontrei os portões fechados, e gente na porta, inclusive elas, as mulheres que conversavam na piscina. Me dirigi a uma delas, perguntando se sabiam o que tinha acontecido. Não sabiam. O pipoqueiro fazia a volta, levando a carrocinha embora. Então eu disse que devia ter sido grave, senão teriam colocado um aviso. Me despedi, e quando estava me voltando para sair, a falante perguntou meu nome.

— Bela — respondi.

— Apelido de quê? — perguntou a amiga.

— Belmira. — Elas se entreolharam contendo o riso.

Ao chegar em casa, Dulce disse que Marquinho tinha ligado para mim duas vezes, e que voltaria a ligar. E me olhou de rabo de olho. Por que esse rapaz insistia?... Imagina se Eduardo estivesse em casa... Ao passar pela portaria, além das contas, havia uma carta para mim. Do meu pai? Assim que entrei em casa, abri o envelope, a carta estava no fundo dele, toda dobrada.

Filha

Soube do acontecido que arriou sua mãe numa cama. Espantei porque seu marido tem cara de gente séria, sempre foi ajuizado, na linha, o maioral. Você deve de estar desgostosa, mas deixa isso pro lado, ele deve ter ido espairecer, de repente até volta. Quando moço, cismei e também me larguei por aí, mas José me catou e eu voltei. Sua mãe, você sabe como é que é... Aqui, você tem família e comida. Não se perde aí nesse mundão, filha. Se quiser, pega o menino e vem pra cá; nóis cuida dele.

Com a bênção de seu pai.

Me esqueci de dizer que tenho umas economiazinhas. Sua mãe não precisa de saber.

Enxuguei as lágrimas e guardei a carta na mesa-de-cabeceira.

Dulce bateu na porta do quarto, avisando que era telefone para mim. Aquele rapaz da outra vez, disse ela. Fui atender:

— Tudo bem, Bela?

— Já pedi pra você não ligar mais...

— Mas, Bela...

— Por favor.

— Be...

— Vou desligar.

Aproveitei que estava com o aparelho na mão e liguei para o clube, para saber quando voltariam a reabrir. Só me faltava ficar sem a natação. De lá, informaram que o presidente fora hospitalizado. A mulher o alvejara. Parece que a mirada fora no coração, mas o tiro acertara a perna. Os médicos estavam tirando a bala. Se ele morresse, decretariam luto de três dias, disse a pessoa que me havia atendido. Se eu não tinha lido a notícia nos jornais, perguntou. Não.

Raphael passou uma semana inteira falando no jogo do Botafogo que assistiria no sábado com o pai. Final de campeonato. Futebol deixa Raphael assim, excitado. Ele e o pai. Quando chegou o dia, ele já estava vestido com a roupa do time desde que saíra da cama. À tarde, quando Eduardo interfonou mandando que descesse, Raphael saiu correndo, pulando e tocando corneta. Acompanhei meu filho até o elevador. Eduardo não vinha mais à nossa casa.

Sem contar o telefonema sobre o vôo de asa-delta, o tempo passava e eu não ouvia nem via mais meu marido. Nosso casamento devia estar mesmo para acabar, e eu precisava pensar no que ia fazer. Com a vida que ele inventara, estávamos sempre em desequilíbrio, ou eles estavam juntos, ou nós, meu filho e eu, mas nunca mais os três, pai, mãe e filho.

Nessa época, comprei uma tartaruga para Raphael, que ficou feliz com mais um bicho dentro de casa. Perguntei qual nome ele iria escolher. Tatu, respondeu. Tatu, Raphael? Mas ela é uma tartaruga. Então, mãe, Tatu, ele disse.

Assim que o elevador levou Raphael para o jogo, voltei para casa e liguei para Olívia, a colega com a qual eu já havia saído. Marcamos outro cinema. Avisei a Dulce que iria sair, e ela esperaria a volta de Raphael. Dulce só entraria de folga no domingo seguinte.

Terminado o filme, fomos comer alguma coisa perto do cinema. Lá, Olívia, que fala bastante, me contou sobre seus casamentos. Foram três. Três erros, três fracassos, três bostas de homens, ela disse. Às vezes, acordava confusa no meio da noite, desorientada, sem saber qual dos maridos dormia ao seu lado; um dia, até achara um deles parecido com seu pai, contou e riu. E ficou surpresa de eu ainda estar no primeiro casamento. Se é que eu ainda estava, disse, acrescentando que casamentos estão sempre por um fio. O fim se anuncia todas as manhãs no tubo da pasta de dente. Eu disse então que precisava voltar. Apesar de saber que meu filho estava com a babá, queria vê-lo. Olívia confessou — segundo ela era uma confissão — que não tivera filho por opção e que não sentia saudade de marido algum. Terminou chorando, dizendo que amava a própria solidão! Perguntei por que chorava. Efeito da confissão, respondeu. Sempre a emocionava.

Encontrei Raphael ainda vestido de Botafogo, suado, joelhos imundos, e completamente rouco. Chega assim dos jogos. Ele e o pai. Mesmo sem voz, contou, cheio de gestos, os lances da partida. Apesar de o Botafogo não ter ganhado o campeonato, o goleiro tinha defendido um pênalti, ele dizia, excitado, continuando a cantar o hino do time. Pedi que não forçasse mais a garganta, e o obriguei a tomar uma colher de mel, que ele detesta. Depois, ele foi para o banho. Acho que andou dando umas cuspidas no boxe.

Fui me deitar. Estava com as pernas para cima, assistindo televisão, quando o telefone tocou. Corri para atendê-lo.

— Sou eu, rouco, mas eu.

— Oi, Eduardo.

— Você está pretendendo abandonar seu único filho? Sabe as conseqüências do seu ato? Já tomou conhecimento de que crianças abandonadas pelas mães adoecem? Emudecem? Tornam-se abúlicas? Espere o final do telefonema para consultar o dicionário. — Silêncio. — Não vai responder?... Deixei Raphael em casa, e você não estava.

— Dulce estava em casa.

— E a mãe, onde se encontrava?

— Passeando.

— Passeando?

— É.

— Boa noite, dona Belmira.

Devia ser engano, para o telefone tocar àquela hora da madrugada. Nosso número é parecido com o número do telefone de um bar. Bar Elite, até já decorei o nome. Saí da cama aos tropeços. Estava sonhando com Luli, de botas, andando a cavalo, distanciando-se cada vez mais de casa, e mamãe, sacudindo um lenço, dizia que minha irmã corria atrás de sapos.

— Desculpe, Bela, sei que são quatro horas da manhã, mas é grave, precisava falar com alguém, e só podia ser com você. Estou com uma dor de barriga monumental. Não sei se te contei, mas agora dei para cagar de noite; e hoje estou me esvaindo, acho que só vai sobrar o cabelo.

Eduardo sabia que poucas coisas me deixavam mais preocupada do que dor de barriga. Meu pai quase tinha morrido por causa de uma delas.

— O que você tomou?

— Não há tempo de tomar nada. Estou refém deste banheiro. Já contei os azulejos do piso, faltam os da parede.

— Está tomando água?

— Da torneira.

— Você deve falar com seu médico.

— Como?

— Posso telefonar e pedir que ele ligue para o seu celular.

— Obrigado, Bela, não sei o que eu faria...

— Melhoras.

15

Quase um mês depois, Eduardo abriu a porta de casa. Raphael correu e abraçou-se às pernas do pai. Como sempre.

— Sabe por que a demora, hein? Sabe? Pergunta, Bela!

— Por quê?

— Fui abduzido!

— É.

— Calma, Raphael, sua mãe não sabe do que se trata. Fui capturado, apanhado — *catch,* Bela! — por uma nave espacial. Comigo acontecem coisas extraordinárias!

— Os marcianos levaram papai para passear e depois trouxeram ele de volta, não é, pai?

— São e salvo! O disco voador parou a um palmo da minha cabeça, assim, Bela, olha!, viu? Silencioso como um mosquito antes da picada. Aliás, os mosquitos voam bem parecido com as naves... Tenho certeza que os alemães copiaram o zumbido das bombas dos mosquitos pernilongos. Bem, mas, aí, o disco ficou ali paradão, quieto, sem emitir luz nem som; uma nuvem metálica estacionada sobre a minha cabeça. De repente, lançou um raio luminoso, tchaf!, e eu fui sugado para o interior da aeronave. Entrei rodando feito um lápis! Que viagem, cara! Assim que eu cheguei lá dentro, as luzes se apagaram, mas não fazia diferença porque marcianos são homúnculos movidos a pilha. Sabe o que são homúnculos, Bela? Homens deste tamanhinho, olha aqui para os meus dedos, viu? Mínimos, microscópicos. Eles flutuavam iluminados de um lado ao outro. São baixos, cabeçudos, e não gostam de conversar, pelo menos na minha frente. Havia também uma homúncula a bordo; percebi porque faiscou quando notou minha presença. Virei o rosto para a escuridão. Não estou a fim de confusão no espaço.

Dulce, que vinha dizer alguma coisa, parou na porta para ouvir a história do Eduardo.

— Papai andou de disco voador! — anunciou Raphael, dando um pulo na poltrona.

Dulce retorceu a boca numa espécie de sorriso.

— Bela, que sinfonização louca é essa? Sua mãe chegou de repente?

— É o rádio do vizinho.

— Onde eu estava?...

— Dentro do disco, pai!

— Aí, garoto! Então, de uma hora pra outra, um deles fez um gesto para o alto, e uma lata de Coca-Cola surgiu entre a profusão dos seus dedos. Vá ter dedo assim em Marte! Até lá se bebe Coca-Cola, viram? Quase disse a ele que preferia cerveja, mas acho que os marcianos não devem beber, senão como iam guiar aquela joça...

— O que é joça, pai?

— Porcaria.

Raphael ficou rindo.

— Qual o filme que vocês viram? — perguntei.

— Passo por experiências inacreditáveis, fantásticas, de alto nível e risco, e sua mãe acha que eu fui ao cinema. Ora, Bela!

Em seguida, Eduardo disse que ia embora, precisava chegar cedo à delegacia, localizar uma ladroeira próxima à sua jurisdição. Então, pela primeira vez, ouvi Raphael pedir:

— Fica, pai!

— Da próxima vez — respondeu Eduardo, e fixou os olhos nos meus.

Antes de sair, perto da porta, examinando a correspondência, perguntou:

— Alcapone? Estão entregando gângster em casa?

— Anúncio de pizzaria, Eduardo — respondi.

Em seguida, ele beijou Raphael, disse tchau, Bela, e foi embora.

Meu filho foi para o quarto assistir televisão. Dulce sumiu na cozinha, e eu fiquei pensando "na próxima vez". No que Eduardo tinha dito.

Fui responder à carta de meu pai.

Pai querido:

Gostei muito de receber sua carta, mas a última coisa que desejo é preocupar o senhor e a mamãe. Obrigada por todos os oferecimentos (foram vários), obrigada também pelo carinho, o cuidado e a dedicação de sempre, mas aqui está tudo bem; Eduardo está sempre conosco e não nos falta nada. Gosto muito de estar ao lado de vocês, mas espero que o senhor entenda que meu lugar é aqui no Rio; trabalhando, cuidando da casa, do meu filho, e esperando meu marido.

Muitos beijos para você, para mamãe e para Luli; Raphael manda o sorriso dele. E Eduardo, se aqui estivesse, mandaria um grande abraço. Da filha que o admira acima de todas as coisas, Belmira.

Saí para pôr a carta no correio, e no caminho aproveitaria para passar na manicure. Havia algum tempo não fazia as unhas. Fui pegar o carro, e apesar do dia claro, do céu sem nuvem, a garagem estava às escuras. A síndica do nosso prédio faz rodízio de vagas; nos últimos meses, nosso carro fora destinado a uma das vagas do fundo da garagem, encostada às pedras. Já estava ao lado do carro, com a chave na mão, quando percebi um movimento, e surgiu na minha frente aquele rapaz, o Marquinho, que avançou sobre mim, me imprensando contra o carro. Na confusão do momento, escutei o grito do Eduardo:

— Bela! — e, em seguida, vi seu vulto parado no alto da rampa da garagem, com as mãos na cintura.

O rapaz me soltou, e eu subi correndo ao encontro do Eduardo, mas ele desapareceu atrás do rapaz, que já tinha corrido na minha frente. Não o vi passar. O porteiro, percebendo o movimento, apareceu na rua e, olhando para os lados, perguntou o que estava acontecendo. Nada, respondi. Queria que ele fosse atrás do meu marido e o trouxesse de volta, mas não podia pedir que abandonasse a portaria. Fiquei na calçada, sem saber para onde ir, até decidir voltar para casa.

Subi sentindo vontade de chorar, mas as lágrimas não vinham. Ao abrir a porta de casa, Raphael veio correndo ao meu encontro, chorando, dizendo que um garoto na escola tinha batido nele. Estávamos os três em desequilíbrio, Eduardo, Raphael e eu.

— Mais tarde vamos ligar para seu pai — disse para meu filho, e ficamos abraçados.

Tentei falar com Eduardo várias vezes no restante do dia, mas o celular estava sempre fora de área. Não sabia o que podia ter acontecido entre ele e aquele rapaz. Se Eduardo o alcançara, e o que teria feito, caso o tivesse alcançado. Depois de muitas tentativas, ouvi a voz dele:

— Não posso falar, Bela. Sabe o que é um homem não poder falar? Não posso. Posso te esmurrar... Vou desligar. — E desligou.

Pouco depois, Dulce disse que era telefone para mim. Pensei que fosse Eduardo, que ele tivesse mudado de idéia, mas era Sandoval, amigo dele. Eduardo mandava perguntar o que eu queria. Contei sobre o que tinha acontecido com nosso filho. Sandoval então pediu que Raphael viesse ao telefone. Meu filho chorou durante o telefonema. No final, Sandoval desligou dizendo que, assim que pudesse, o pai iria à sua escola.

Desde o início da escolaridade de Raphael, Eduardo fez questão de participar. No primeiro dia de creche, levou-o pessoalmente, porque achava que podiam maltratá-lo. Para ele, à exceção do filho, as crianças são péssimas, judiam dos animais, batem nos menores e mentem. Nenhuma presta. E ele não estava disposto a ver seu filho sofrer em pequenas mãos alheias. Bastava o que sonhara a respeito. Não queria contar porque voltaria a se impressionar com a maldade infantil. Por isso, fazia questão de advertir à direção da creche que, caso seu filho viesse a sofrer maus-tratos, ele daria ordem de prisão — na hora.

O clube reabriu. O presidente havia se recuperado, e parece que a mulher dele estava foragida. Enquanto ele estivera no hospital, ela roubara seus dólares e fugira para o interior. Ninguém sabia dizer para qual interior. Tudo isso Dulce contou ao voltar da piscina com Raphael. Tinha escutado os comentários das mulheres que faziam hidroginástica. Deviam ser as de sempre. Eu não tinha o menor ânimo para nadar. Trabalhava e voltava para casa; aguardando notícias do Eduardo.

Um dia, Raphael chegou dizendo que o pai tinha conversado com ele durante a ida para a escola. Ainda bem que Eduardo encontrara tempo para ir até lá. Meu filho dizia que o pai lhe havia ensinado uma porção de golpes, porque o mundo estava cheio deles. E ia botá-lo no caratê (como discípulo do último camicase do Japão), no judô e no boxe tailandês. Que a vida era feita de muita porrada, e que ele tinha que ser guerreiro, portanto, precisava aprender. A prioridade era lutar!

— Papai mandou eu dar um pescoção no garoto. E me mostrou como eu devia fazer. Depois, que eu aplicasse um telefone. — Raphael chamou o cachorro para fazer a exibição nele. O cachorro ganiu e ficou sacudindo a cabeça. — Viu, mãe, como é? Depois, meu pai disse que eu enfiasse os dedos no ouvido do garoto. Os indicadores. Teria que ser golpe atrás de golpe, para eu ganhar a briga. Ganha quem não se cansa, papai falou.

— E você fez tudo que ele mandou?

— Mais ou menos. Não deu pra enfiar os dedos porque ele me deu um chute no colhão.

— Quem te ensinou essa palavra, Raphael?

— Meu pai.

— Está bem. Agora deixa eu ver se tem alguma anotação na sua agenda. Não?

Quase dormia, quando ouvi ao longe o telefone tocar. Levantei esbarrando no que encontrava pelo caminho até achar o aparelho, que tinha ficado fora da base.

— Alô!

— Nunca vou me recuperar do que vi você fazendo, Bela! Está me entendendo? Nunca!

Tentei responder, mas Eduardo já havia desligado.

16

Custei a dormir depois do que Eduardo disse. No dia seguinte, escovava os dentes, ouvindo a voz do Raphael conversando com Dulce, falando ainda sobre o tal garoto, quando o telefone tocou. Estranhei, tocar tão cedo. Fui atender.

— No mínimo, é uma total falta de respeito, de pudor, de decência... — Eduardo desligou.

Nunca me dá chance de responder.

Fui ao quarto do Raphael para dar bom-dia e também para dizer que eu ficaria trabalhando em casa, corrigindo provas. E que ele tentasse se entender com o colega dele, porque ficariam juntos por muito tempo. Raphael não disse nada, mas senti que ficou pensando no que eu tinha dito. De um lado, as palavras do pai, do outro, as da mãe, será que confundíamos nosso filho?...

Terminávamos o café-da-manhã, Raphael e eu, quando Luli ligou para dar um recado de mamãe. Ela tinha sonhado que morríamos. Num dilúvio no Rio. Era água que não acabava mais. Queria saber se estava todo mundo vivo, e se o marido cansara de espairecer e já voltara para o batente. Disse que estávamos todos bem, e sem novidades. Que assim que eu pudesse telefonaria para conversarmos. E com você, tudo bem, Luli?, perguntei:

— É...

— Alguma novidade?

— Não, só os tropeços com o pangaré, como mamãe chama meu namorado.

Falamos mais um pouco e nos despedimos.

Depois do almoço, Raphael já tinha descido para esperar o ônibus da escola, chateado porque queria ir sozinho e eu insistira para que Dulce o acompanhasse; fui buscar a pasta com as provas para iniciar a correção. Gosto de trabalhar ouvindo música; escolhi um CD e liguei o som. A sala estava um pouco abafada, abri as janelas, me sentei, estiquei as pernas na cadeira da frente e peguei a pasta; justo nesse momento, o telefone tocou. Me levantei para atender.

— Por que você não me deixa falar? — Desta vez consegui falar antes do Eduardo!

Já tinha corrigido metade das provas, quando a porta da frente se abriu num estrondo. Eduardo entrava.

— OK, Bela, OK. Pode começar a falar. O que você tem pra me dizer? Hein? Se é que existe alguma coisa a ser dita. Acho difícil, depois do que vi. — Eduardo caminhava de um lado para outro, passando as mãos no cabelo. — Gostaria apenas de fazer uma pergunta: em algum momento das nossas vidas, declarei que estávamos separados? Hein? Que era pra você arranjar namorado? Hein? Se explicando, Bela, vamos! Considerou-se livre, não é? Desimpedida, sem compromisso, podendo sair por aí e se atracar com os caras... — Dulce pôs a cara na sala, e puxou a porta da cozinha, fechando-a. — Essa babá está de sacanagem comigo...

— Eduardo...

— Vamos, Bela, e aí?... Ainda não ouvi o som da sua voz. Está espetando a caneta na têmpora de propósito ou pretende furá-la? Quem sabe daí de dentro sai alguma idéia... Enquanto você pensa, planaram três gaivotas sobre o mar, decolaram aviões para os quatro cantos do mundo, e sua mãe foi duas vezes ao banheiro. Bexiga caída, contou aqui em casa. — Eduardo se sentou na beirada do sofá e ficou em silêncio; pouco depois, reiniciou: — Pois é, Bela, te escolhi depois de muita procura, vasculhei esta cidade, porque, pra se divertir, nada melhor do que este balneário cheio de pilantras... Sei que você escutou; releva, Bela, não tem cheiro, foi só um desabafo. Voltando ao que eu estava dizendo, depois de uma busca intensa, finalmente encontrei uma mulher rara; íntegra, idônea, decente, proba, qualidades que eu sempre admirei em você, até acontecer esse brutal incidente em que levei uma puta chifrada... É foda! Bota uma cachaça aí! — Eduardo me estendeu um copo, batendo com ele na mesa.

— Eduardo.

— Enche o copo, caralho! Puta golpe, Bela! Perdi tudo de uma vez e para sempre — perdi até cabelo!

— Posso falar?

— Tem alguém tapando a sua boca? Estrangulando seu pescoço?

— Naquele dia, Eduardo, quando fui buscar o carro na garagem, aquele rapaz apareceu e ficou na minha frente sem me deixar passar, acho que a intenção era me roubar um beijo...

— Ah... mas eu não posso acreditar que tenha escutado uma coisa dessas, não, não posso acreditar... — Eduardo caiu pra trás no sofá, com as mãos na cabeça. — Palavra de honra! Nem minha mãe diria um troço desses! Nem ela! E olha que era uma artista! Roubar um beijo!? Foi isso mesmo que escutei? Mas onde estamos? Em qual película fomos parar?... Migramos para o interior, Belmira? Para a pracinha de terra batida?... Papo de roçado? Quando você resolver aportar no Rio de Janeiro, a gente conversa. Chega. Desta vez você foi longe demais! — Eduardo se levantou de um salto, bateu a porta e foi embora.

No dia seguinte, ele telefonou para perguntar se fora realmente aquilo que acontecera.

— Foi — respondi.

— Está bem — disse, e desligou.

Mais tarde, voltou ao assunto:

— Veja bem se foi isso o que aconteceu: você foi pegar o carro, o puto apareceu, te agarrou — contra sua vontade — e ia te beijar à força.

— Foi.

— OK. Tchau.

Nesse dia, fui dormir cedo. Fiquei cansada de corrigir provas. Jantei com Raphael, assisti um pouco de televisão e acabei dormindo com a luz do abajur acesa.

No dia seguinte, acordei e fui me arrumar para nadar. Raphael também tinha natação. Fomos os três, nós dois e Dulce. Raphael reclamava da presença de Dulce. Não queria ela por perto. Meu filho estava se tornando independente demais.

Cheguei em casa, depois de deixar Raphael brincando na piscina. Ele encontrara amigos. E Dulce sentada na arquibancada, esperando por ele.

Ainda estava de maiô, quando escutei o telefone tocar:

— Saiu ontem à noite, dormiu fora e está chegando em casa a esta hora.

— Dormi cedo e estou chegando da natação.

— Até mais, Bela!

O telefone silenciou. Eduardo passou dois dias sem me ligar. Acho que se tranqüilizou. E, por falar nisso, eu ainda não tinha ligado para minha mãe. Foi o que fiz em seguida.

Assim que ela ouviu minha voz, disse benza-a Deus, filha! Estava saudosa, e eu também. Queria contar que papai tinha tomado uma carraspana. E quando ela indagava por qual motivo, ele ria e não respondia. Estava surdo e se recusava a usar aparelho. Ela tinha que viver aos gritos. Dizia que não podia se fiar em homem, de repente eles aprontavam uma doideira. Depois, o de sempre, queixou-se da falta de dinheiro e do trabalho que Luli dava com aquele mentecapto. Antes de desligar, perguntou pelo Eduardo. Respondi que estava bem, e não prolonguei a conversa. Ela entendeu, e nos despedimos.

Eu precisava conversar com Dulce. Havia algum tempo ela tinha pouco a fazer na nossa casa. Raphael, apesar de gostar dela, queria fazer tudo sozinho. Mas era difícil termos essa conversa, ela e eu. Adiei despedi-la, mais uma vez.

Nessa tarde, Raphael já tinha chegado da escola e assistia desenho na televisão, eu lia jornal na sala, quando a campainha da frente tocou insistentemente. Devia ser alguma criança brincando. Por que o porteiro não interfonara? Podia também ser a vizinha, que volta e meia vinha dar algum aviso. Como era amiga da síndica, estava sempre em dia com o que se passava no prédio. Fui abrir a porta, para Eduardo — vestido de baiana. Ele me abraçou, dizendo que me perdoava. Mas que o animálculo ainda ia levar umas porradas. Depois, soprou no meu ouvido que o Comendador estava achando graça de se ver travestido. Meu marido voltava. Bêbado, mas voltava. Atrás dele, o porteiro carregava a mala, tentando conter o riso, e, atrás de mim, Raphael aos pinotes e às gargalhadas. O cachorro, estranhando, latia da porta da cozinha. Eduardo gritou:

— Abre a porta e deixa ele ir embora!

Depois, virando-se para mim, contou que tinha passado na delegacia.

— Assim? — perguntei.

— Saí na banda, Bela. Já é quase Carnaval...

Dulce avisou que o jantar ia para a mesa. Eduardo sentou-se do jeito que estava. Pedi apenas que tirasse o turbante com as bananas da cabeça. De vez em quando, no meio do jantar, ele cantava: "O que que a baiana tem?" Raphael, hipnotizado pelo pai, não perdia o seu menor movimento. Dulce nos servia, sem olhar para Eduardo.

— Você nunca mais falou nos seus amigos... — disse eu.

— Qual deles?

— Ramón.

— Casou com um guatemalteco pobre, um sujeito de maus neurônios, que gastou tudo que Ramón tinha. Estão lá, numa pobreza latina.

— E o Lucho?

— Xi! Uma confusão. Depois de uma brigalhada geral, em que vários saíram feridos, foram parar na delegacia, Lucho voltou a se refugiar na casa da Esmeralda. Lembra dela? Também já dormi lá com ela — disse, e riu.

— E Sandoval?

— Outra complicação. Parece que entrou uma babá para cuidar do filho dele, e o garoto deu uma canelada nela com tamanha força, que fissurou a tíbia.

Raphael riu e depois perguntou ao pai o que era tíbia.

— Um osso que sua avó tem na perna.

Nesse momento, o telefone tocou. Levantei para atender uma voz de criança. Pensei que fosse um coleguinha do Raphael.

— Aqui quem está falando é o irmão do Marquinho. Ele manda pedir desculpas. — Emudeci. — E manda um beijo.

— Está bem.

Voltei para a mesa.

— Recado do Marquinho, Bela?

— Era o rapaz da mercearia. Disse que vai trazer as compras amanhã.

— Quem é Marquinho? — perguntou Raphael.

— É um puto que vai levar uma porrada nos cornos...

— O que é cornos?

— Chifres.

— Eduardo.

— Não se mete, Bela, conversa entre homens.

— Raphael não entendeu...

— Entendi sim, pai.

Mais tarde, Raphael já tinha ido dormir, e nós também fomos nos deitar. Na entrada do quarto, Eduardo me abraçou, dizendo que estava com saudade de uma boceta boa e verdadeira. A minha.

17

— Sim — disse eu para o padre, e Eduardo, sorrindo pra mim, repetia, sim, sim, antes mesmo de ser perguntado; em seguida ele me deu vários beijos, e eu sussurrava, agora não!, em seu ouvido, e as pétalas caíam sobre as nossas cabeças, e a Ave-Maria ressoou no altar da igrejinha da nossa cidade, onde, ajoelhados diante da imagem de Nossa Senhora dos Milagres, começávamos nossa vida para sempre.

Tomávamos café-da-manhã, quando me lembrei de fazer uma pergunta ao Eduardo, que, além de tomar café, lia o jornal:

— Você nunca mais disse que ia morrer...

— Desejando o meu fim, Bela? É isso? — Dobrou o jornal fazendo barulho.

— Não, não é isso.

— As pessoas mudam. Sou outro homem. Um homem equilibrado nos seus afetos. Um venerável homem de bem, que encontrou seu destino e ele resplandecerá em todos os meus atos — levantou o braço e sacudiu o jornal. — Naquela época eu estava em outra voltagem. Já vivi muito de cara, Bela, agora vivo de coração. Por que esse semblante? Seus joelhos são bonitos, sabia? Acho que nunca falei sobre eles. Parecem ovo de cerzir.

— Hein?

— Minha mãe cerzia. A sua, não?

— Com licença, Eduardo.

— Um relógio suíço, hein, Bela?

Enquanto estava no banheiro, escutava a voz dele. Ao voltar para a sala, Eduardo disse que mamãe tinha ligado, e, ao perceber que era ele, repetira várias vezes, o Senhor seja louvado!, e depois se queixara das pálpebras, principalmente das inferiores, que estavam "um vermelhão".

— Pálpebras inferiores. Só ela tem. E seu pai, Bela? Você nunca mais falou nele. Está bem de saúde?

— Está trabalhando.

— Trabalhando.

— É, trabalhando.

— Bem, preciso correr. Houve uma ocorrência importante. Parece que seqüestraram um diretor de banco. — Levantou-se em direção ao banheiro. — Bela, que animal é esse aqui atrás da porta?

— Ah, é a Tatu, a tartaruga que eu dei pro Raphael.

— Tatu.

— Foi o nome que ele escolheu. Não sei há quanto tempo ela está aí, atrás da porta...

— Deve estar dando tratos aos cascos.

Raphael apareceu na sala atrás do pai.

— Vai se aprontar, meu filho, o ônibus deve estar passando...

Ele foi até a porta do banheiro, chamou o pai, que, abrindo uma fresta, tirou a espuma da bochecha e ofereceu-a para o beijo. Em seguida, saiu correndo com a mochila pesada nas costas.

— E meu beijo? — cobrei.

Ele fez a volta, disse ah, mãe... mas também ganhei seu beijo.

Quando ele saiu, fui ligar para mamãe, que devia estar esperando. Ela já não se lembrava da vermelhidão na pálpebra, e só queria saber sobre a volta do Eduardo.

— Você deve de estar muito satisfeita de não ter perdido o marido, filha! Foi uma bênção! Hoje em dia é coisa muito fácil... Marido está na frente da gente, de repente, ó, levaram!

E continuou. Dizia que faltava Deus na minha casa, mas que ela punha ele dentro com as suas rezas. Que tinha dado tudo certo graças a ele, nosso Senhor misericordioso. Que agora, sim, ela podia parar um pouco as novenas.

Mamãe falou tanto, que eu não consegui perguntar sobre meu pai.

Semanas depois, nossa vida já tinha voltado ao que era. Raphael estava feliz com o pai dentro de casa. Brincavam muito, os dois, chamando-se de campeão, como faziam.

Eu também estava feliz. A única que não demonstrava alegria era Dulce. Sempre com a mesma expressão. Apesar de não ser mais babá do Raphael, ela passou a ter outras funções, tornou-se necessária de outras maneiras. Fazia as compras de casa, alguns pagamentos, e, nas férias, viajava para ver a mãe.

Nesses tempos, a novidade era o casamento de Luli. Mamãe chorava porque minha irmã ia se casar:

— Tão nova, não sabe fazer nada, como vai dar conta de uma casa? Não vai dar certo, você vai ver... É uma provação. E o noivo é o pangaré indolente, que se gabou de ter arranjado emprego na prefeitura e acha que por causa disso pode sustentar família... pangaré burro!

— Ela está feliz, mãe! — disse eu.

— Feliz... feliz...

Nós, Eduardo, Raphael e eu, viajaríamos para assistir ao casamento. Eduardo me fez prometer que logo que acabasse a cerimônia pegaríamos o primeiro avião de volta. Por ele, voltaríamos no mesmo dia. Assim mesmo, tinha certeza de que chegaria todo picado pelos borrachudos.

— Quando te conheci, você não estava mordida porque passava uns dias no Rio, lembra, Bela? — disse. — E aquela sua prima... você estava na casa dela quando nos conhecemos — o vento levou?

— Casou com um suíço e foi morar em Genebra.

— Deve estar bastante infeliz. Uma vez minha mãe estava lá — coitada, a única vez que foi chamada para dançar fora do Brasil... —, integrando o corpo de baile da *Cavaleria Rusticana*, e o diretor quase incendiou a cena final para ver se esquentava os helvéticos. Boiou nos helvéticos, não é, Bela? Sinônimo para suíço.

— Voltando aos mosquitos, Eduardo, papai pôs cortinado em todas as camas.

— O digníssimo senhor Francisco, sempre atento aos seus.

— Sempre mesmo.

— OK, Bela, OK.

— Vamos deixar as malas prontas, Eduardo. Vá ver se sua camisa não precisa ser passada...

Elsa, amiga de mamãe, telefonou para perguntar se podíamos lhe dar carona; tinha recebido o convite e queria muito abraçar minha mãe, além de ver minha irmã, sua afilhada, vestida de noiva. A pessoa que fez o vestido era sua amiga de infância. Contei que viajaríamos de avião, meu marido já comprara as passagens. Elsa ficou desolada, e Eduardo, aliviado.

— Você viu a cara dela?

— Conheço Elsa desde menina, Eduardo.

— Ela era bonitinha?

— ?

— Não entendeu, não é, Bela?...

— Vai ver a roupa que você quer levar, Eduardo...

— Enquanto isso, conta de novo aquela história... Como era mesmo? Na sua terra não tem escada rolante nem edifício, e só tem duas putas, a Irene e a Eunice... — disse, e se jogou para trás, rindo.

À noite, enquanto jantávamos, Eduardo comentou que estava com vontade de convidar Lucho e Esmeralda para virem à nossa casa.

— Antes de falarmos sobre isso, como é mesmo o nome do filho do Edgard, o que toca a firma? Passei a tarde toda querendo me lembrar...

— Nelson.

— Santa Bela!

Voltando aos dois, Eduardo disse que estava pensando em dar uma força à relação deles. Lucho sofrera muito com a separação, as famílias ficaram contra ele, além de brigarem entre si. Houve inclusive necessidade de intervenção da polícia. Os vizinhos deram queixa. Foram semanas conturbadas. E ele estava ajudando-o judicialmente. Lucho também fora ameaçado pela ex-sogra, que ia pôr o nome dele no cemitério. Enfim, coisas desse teor. Mas o maior sofrimento tinha sido a separação do menino. Apesar de a criança bater pesado, Lucho amava o filho.

— Quanto à Esmeralda, você vai gostar dela. É uma mulher franca, que gosta de rir e de cantar. Se alegrar. Muito espontânea. Tudo bem então, Bela? Faz aquele hipopótamo assado que dá certo...

Ri.

— Gosto de você assim... — Eduardo puxou minha cadeira com o pé, me agarrando, e não queria me largar.

— Estou ficando sem ar... Diz, pra quando é o jantar?

— Quando chegarmos das bodas de sua irmã com o cavalo.

— Pangaré, e não vá chamá-lo assim...

Era madrugada quando acordei com os gritos do Eduardo:

— Acorda, Bela, vai! Me leva pro hospital! Estou com uma dor no cu infernal...

Acho que nunca corremos tanto; Eduardo alternava urros e xingamentos, chutes e empurrões, até conseguirmos chegar ao hospital. Assim que saltamos do carro fomos direto para a emergência. Ele entrou, e eu fui para a recepção preencher papéis. Quando terminou, fui me encontrar com ele. Encontrei-o deitado, rindo, conversando com o médico. Logo ao me ver, disse que tivera uma proctonevralgia noturna, e que nem minha mãe merecia tomar no cu daquele jeito. Deixamos o médico balançando a cabeça. Voltei dirigindo enquanto Eduardo roncava, arriado contra o vidro do carro.

Luli teve um casamento muito parecido com o meu. Mesma igreja, mesmo padre, mesma música. A diferença é que seu noivo tinha família, e do lado do Eduardo não havia ninguém. Foi triste um lado da igreja ficar vazio. Lembro dos olhos dele passeando pelo altar.

Aglomerávamo-nos na porta da igreja, esperando papai subir os últimos degraus. Já não andava com a ligeireza de antes. Mamãe, ofegante, rodeava minha irmã, ajeitando o véu, puxando a cauda, retocando o cabelo. E Luli reclamava. Comentei que o noivo tinha cara de bom rapaz, e mamãe soltou um muxoxo, e continuou mexendo em minha irmã, dizendo que estava na hora de entrarmos na igreja. Começamos a entrar, em fila indiana. Eduardo, Raphael e eu, atrás de mamãe, que já estava de braço dado com o pai do rapaz, um senhor que deslizava o pé apalpando o chão, com medo de cair. Percebemos que mal enxergava. A mãe do rapaz já se encontrava no altar; era uma mulher gorda, com um vestido de brocado, sapatos forrados com o mesmo tecido do vestido, e um chapéu com renda cobriu seu rosto; apoiava-se num rapazinho, que depois soubemos que também era seu filho. Enquanto avançávamos pela nave central, Eduardo repetia no meu ouvido: Bela, Bela do Senhor.

Nesse momento, a música cresceu, Luli, de braço dado com papai, dava os primeiros passos na passarela rumo ao altar. A igreja estava cheia de parentes, amigos e curiosos. As pessoas se espichavam para vê-la. E ela, passo a passo (ensaiara bastante antes), com olhos mirados em frente. No noivo.

Mamãe estava inquieta, sempre acompanhada do lenço, passava-o na testa a todo momento. Durante a cerimônia, fungou o tempo todo, ao lado de papai, que pigarreava. Do outro lado, os parentes do rapaz. O pai, a mãe e o rapazinho que entrara carregando a mãe. Todos baixos, e com cara triste. Eduardo perguntou no meu ouvido se eles tinham sido exumados. Em seguida, quis saber se precisávamos ficar para a festa. Claro, respondi. Ele sussurrou que não estava com a menor vontade de comer docinho. Depois, perguntou se eu não achava que a mãe do noivo era de grande imponência escultórica. Sabe do que se trata? Continuei em silêncio, e ele insistia em falar no meu ouvido:

— Já pensou se eu tenho um pico no cu agora, hein... Bela?

— Eduardo.

— Os grandes acontecimentos aqui são nascimento, casamento e morte, reparou?

— E não são?

— Gostei, arguta. E aí, vai no "arguta" ou nunca ouviu falar?

As pessoas no banco da frente da igreja olhavam de viés para Eduardo. Raphael, de mão dada comigo, estava atento a tudo o que se desenrolava. De repente, ouvimos: sim, sim, e Luli e seu agora marido, ajoelhados diante da imagem de Nossa Senhora dos Milagres, sorriam e se beijavam ao som da Ave-Maria. E as pétalas caíram sobre eles.

18

Ao chegarmos de volta, mal abrimos a porta, vimos a luzinha da secretária piscando. Raphael correu na nossa frente para apertar o botão de recados. O primeiro era do clube, avisando que fechariam durante três dias. De novo?, indaguei, alto. Eduardo comentou que a mulher devia ter acertado a pontaria. No segundo telefonema, não deixaram recado, e o telefone ficou apitando. Eduardo — que já estava no quarto — gritava para que ou eu ou Raphael desligássemos aquela merda, mas Raphael também já estava no seu quarto com a televisão ligada, e não devia ter escutado o que o pai pedira, e eu, no banheiro, com a boca cheia de espuma, escovava os dentes. Cuspi e bochechei o mais rápido que pude e corri até a sala. Encontrei Eduardo com a calça no meio das pernas, dizendo que por isso mesmo ele já mandara jogar fora aquela porra... e entrou o terceiro recado. Era do Lucho, pedindo ajuda ao Eduardo. Estavam foragidos, ele e a Esmeralda, com as famílias no encalço deles. Deixaram o celular, se bem que o dele estava censurado, ele avisava. Depois de ligar para o Lucho e dizer que tomaria as providências cabíveis, Eduardo comentou que a ex-mulher do Lucho não era uma corna serena, e avisou que ia dar uma apagada.

— O interior me arrasa, drena minhas forças — disse, enquanto voltava para o quarto. — As montanhas barram o respiradouro, mas são de grande utilidade para os loucos.

Fui atrás dele, perguntando a que horas queria ser acordado. Que eu consultasse o Big Ben (que é como ele chama o relógio da cozinha); quando batesse uma hora, fosse chamá-lo.

— Com um cafezinho, *please*, Bela! — Depois, pediu que eu me sentasse na beira da cama.

— Onde estará Dulce? — perguntei alto, para mim mesma.

Eduardo disse que ela devia estar passeando de bicicleta, depois pediu que eu desse atenção a ele. Me sentei, ainda pensando em Dulce.

— Sabe que tinha um homem lá na casa dos seus pais, devia ser seu primo, Bela, que dizia, aos brados, que não podia negar que era homem. E o cara continuou: se dizendo aberto, progressista e nada radical. Você devia apresentar a ele a dupla aqui do prédio: os irmãos Mauro e Maurício, um, gordo, o outro, magro. E a mãe é a dona Melda, não é isso? Você não se dá com ela? Por falar nisso, conheceu o Gordo e o Magro, Bela?

Está pensando muito, não sabe do que estou falando. Falta cultura cinematográfica. Mas não era sobre isso que eu queria falar... Em poucas palavras, Bela, estou decepcionado. Triste mesmo. Muito. Com o Comendador. Não é mais o mesmo; esquivo, cabisbaixo, voltado para si próprio... Um ornamento belo e sombrio.

Me levantei e saí do quarto; Eduardo pôs o travesseiro no rosto, gesto que faz quando vai dormir. O cachorro latiu na cozinha. Voltei a ouvir a voz dele:

— Joga esse cachorro no lixo!

Almocei com Raphael, que falava sobre o casamento e fazia perguntas. Tudo chama a atenção do Raphael. Em um dos comentários, perguntou por que a avó tinha dito que o pai dele perdera o juízo.

— Porque ela acha isso — respondi.

— É?

— É. Mas não precisamos achar o mesmo que a vovó.

Raphael ficou me olhando. Pensando. Meu filho pensa no que se diz para ele.

Depois do almoço, ele foi para o colégio, e eu fiquei fazendo hora para acordar Eduardo. Nesse meio-tempo, fiz uma arrumação. A começar pelo armário da sala, e aproveitei para dar uma limpeza, jogar coisas fora. Quando fui acordar Eduardo, ele se levantou reclamando de cansaço, exaustão e putidão. Não sabia se tinha sido o interior ou a festa familiar, o fato é que se esculhambara.

— Casamento derruba mesmo! Brava Bela! — E fez carinho nas minhas costas.

Esperei que ele saísse para ir para o curso. Na porta de casa, Eduardo disse que teria uma tarde cheia e apertou o nó da gravata.

— Sabe que a vida aporrinha um sujeito até ele não agüentar mais, não sabe?

Se Lucho ainda estivesse vivo, e, portanto, ligasse, continuou, ele tinha ido para a delegacia, mas antes teria que dar uns esporros na oficina, no cara que levara a grana e não consertara direito o carro dele. Era tudo uma bosta!

Mais tarde, ao chegar do curso, me lembrei de ligar para o celular dele para pedir que comprasse um xarope para a tosse do Raphael.

— Calma, Bela... estou aqui com um sujeito atrofiado intelectualmente. Não, não está ouvindo, estou no banheiro, cagando. Vai, fala...

Dulce apareceu. Perguntei onde tinha estado. Na cama. Com cólica menstrual, ela disse. Se eu ia precisar dela, perguntou. Se houvesse necessidade, eu a chamaria, respondi. Saiu com a mão na barriga.

Uma noite em que Raphael estava no quarto, gripado e com febre, e nós, Dulce e eu, controlávamos a temperatura dele, ela contou sobre a sua vida. Que desejava se casar e ter oito filhos, para compor com a inicial de cada um deles a palavra Ave Maria. Não só seria uma louvação à Virgem, como prestaria homenagem à sua mãe, Maria. Mas havia uma razão para seu sonho não ter se realizado, ela disse, e desviou o olhar. Ao nascer, um anjo, vestido de cetim azul, fizera uma aparição para sua mãe — pela primeira vez eu a via gesticulando —, dizendo que aquela criança (ela estava no berço, para o qual o anjo apontara) nunca havia de se casar, porque era filha de Maria. A não ser que conhecesse um anão viúvo. Mas este nunca tinha aparecido. Difícil acreditar que fosse Dulce a me contar aquela história... Não mais tocamos no assunto. Mas comentei com Eduardo, que ficou rindo durante muito tempo.

Estava próximo da hora do jantar, e Eduardo ainda não tinha chegado em casa. Será que voltaríamos à vida de antes? Raphael perguntou pelo pai. Respondi que estava quase chegando, mas que ele, Raphael, devia ir jantando porque já passava da hora. Foi o que ele fez, acompanhado de uma revistinha. Assim que terminou de comer, mandei que fosse dormir, teria treino cedo no dia seguinte para a competição no fim de semana. Dei boa-noite a ele, não antes de lembrá-lo de escovar os dentes, e fui assistir ao noticiário da tevê.

Acabaram-se as notícias, e nada do Eduardo. Resolvi ligar para o celular. Tocou, tocou, e ele não atendeu. Por que não tinha desligado o aparelho? Tentei outra vez. O mesmo resultado. Talvez Lucho tivesse alguma notícia; liguei para o seu celular, apesar de saber que estava censurado. Ele atendeu falando tão baixo que quase não o escuto. Estranhou eu estar ligando, e disse que tinha falado com Eduardo na parte da tarde, depois não voltaram a entrar em contato, esperava inclusive uma ligação dele. As famílias tinham descoberto o esconderijo onde ele estava com Esmeralda, e, munidos de pedras, já apontavam na estrada. Estrada? Agradeci e desliguei.

Fui para a janela observar o movimento. As pessoas voltando para casa. De repente, o telefone tocou. Corri para atender, pensando que fosse Eduardo. Era mamãe. Tinha ligado para contar que minha irmã saíra no braço com o marido, que não queria trabalhar. Não disse que ele era retardado?, ela dizia, descontrolada. Prometi ligar no dia seguinte, esperava telefonema.

— O marido se engraçou com outro rabo-de-saia? — perguntou. Não respondi, e desligamos.

Pouco tempo depois, o telefone voltou a tocar. Era a voz de uma mulher, perguntando se era da casa do delegado Durand. Sim, respondi. Quem estava falando?, ela quis saber em seguida. Respondi que era a mulher dele. Ela então contou que ele estava na rua, passando mal, e deu o endereço de onde se encontravam. Saí correndo, bati na porta de Dulce avisando que ia sair, que ela ficasse de olho no Raphael. Peguei a chave de casa, a bolsa, e bati a porta. O porteiro perguntou por que eu corria, pedi que abrisse a porta da garagem; precisava sair o mais rápido possível. Correndo na escuridão da garagem, entortei vários espelhos retrovisores, quando, finalmente, entrei no meu carro e saí de ré.

Os olhos do Eduardo faiscavam dentro do cinema. Estávamos tão próximos um do outro, que seu hálito quente embaçava as lentes dos meus óculos. Perguntei se ele estava gostando do filme. Ele respondeu que estava gostando de mim, gostando profundamente de mim, e que estava a minha espera havia longos anos, mas que finalmente o glorioso dia chegara, e que viveríamos juntos para sempre, felizes para sempre, nós para sempre, e me beijava tanto, que eu perdi a noção de onde estava, e só me lembrei quando as luzes se acenderam e na tela apareceu *The End.*

Os sinais estavam todos fechados, difícil a espera em cada um deles, além do medo de ser assaltada. Assim que entrei na rua indicada, vi ao longe um ajuntamento na esquina. Parei o carro, larguei-o em fila dupla e saí correndo e tropeçando. Tinha começado a chover. Ao me aproximar do grupo, percebi que havia alguém caído no chão, e que só podia ser Eduardo. Pedi licença, afastando as pessoas, e me abaixei, me sentando ao lado dele, que estava pálido, suado e com o nó da gravata afrouxado. Logo que ele notou minha presença, quis falar, mas não conseguiu.

— Estou aqui — disse eu, e ele tentou esboçar um sorriso. Em seguida, abri o coração que sempre levava comigo e mostrei que Raphael também estava com ele.

Eduardo tentou dizer "campeão", me olhando fixamente. Olhei para cima; havia se fechado à nossa volta uma roda de guarda-chuvas. Perguntei se alguém chamara a ambulância. Uma voz respondeu que estava a caminho. De repente, a luz da rua se apagou, e passamos a ser iluminados pelo clarão dos relâmpagos.

O corpo de Eduardo estava inquieto, e, pouco a pouco, refugiou-se no meu. Abracei-o e fiz carinho no seu cabelo úmido de suor, pedindo que tivesse paciência, a ambulância devia estar chegando. E eu iria junto com ele, disse, perto do seu ouvido. Ele suava, com a mão no peito, a respiração curta, quando, súbito, teve uma espécie de tranco e se estendeu entre as minhas pernas.

Este livro foi composto na tipologia Minion, em
corpo 12/16, e impresso em papel offwhite 80g/m²,
no Sistema Cameron da Divisão Gráfica
da Distribuidora Record.